LE PRINCE DE LA BRUME

DU MÊME AUTEUR

Le Jeu de l'ange, Robert Laffont, 2009 ; Pocket, 2010
Marina, Robert Laffont, 2011 ; Pocket Jeunesse, 2011

CARLOS RUIZ ZAFÓN

LE PRINCE DE LA BRUME

Traduit de l'espagnol
par François Maspero

POCKET JEUNESSE

Titre original :
El príncipe de la niebla

Loi n° 49 956 du 16 juillet 1949 sur les publications destinées à la jeunesse : novembre 2011.

ISBN 978-2-266-21304-2

(édition originale ISBN 978-84-08-07280-5
Editorial Planeta, S.A., Barcelone)

Pour mon père

NOTE DE L'AUTEUR

Ami lecteur,

Le Prince de la Brume est le premier roman que j'ai publié, et il a marqué, en 1992, le début de ma carrière d'écrivain. Les lecteurs familiers de mes dernières œuvres, comme *L'Ombre du vent* et *Le Jeu de l'Ange*, ne savent peut-être pas que mes quatre premiers romans ont été publiés « pour la jeunesse ». Bien qu'ils aient surtout visé un jeune public, mon souhait était qu'ils puissent plaire à des lecteurs de tous âges. Avec ces livres, j'ai tenté d'écrire le genre de romans que j'aurais aimé lire quand j'étais adolescent, mais qui continueraient encore à m'intéresser à l'âge de vingt-trois, quarante-trois ou quatre-vingt-trois ans.

Pendant des années, les droits de ces livres sont restés « prisonniers » de querelles juridiques, mais aujourd'hui des lecteurs du monde entier peuvent enfin en profiter. Depuis leur première publication, j'ai eu la chance de voir ces œuvres bien accueillies par un public jeune, et aussi moins jeune. J'aime croire que ces contes sont faits pour tous les âges, et j'espère que des adultes auront envie d'explorer ces histoires de magie, de mystères et d'aventures. Pour terminer je souhaite à tous mes nouveaux lecteurs de prendre autant de plaisir à ces romans que lorsqu'ils ont commencé à s'aventurer dans le monde des livres.

Bon voyage.

Carlos Ruiz Zafón
Décembre 2009

1.

Jamais, malgré le passage des ans, Max n'oublia cet été où, presque par hasard, il découvrit la magie et ses maléfices. C'était en 1943, et les vents de la guerre dévastaient impitoyablement le monde. À la mi-juin, le jour même où Max fêtait ses treize ans, son père, horloger et aussi inventeur à ses moments perdus, réunit tous les membres de sa famille dans le salon et leur annonça que ce jour était le dernier qu'ils passaient dans ce qui avait été leur domicile durant les dix dernières années. La famille allait déménager sur la côte, loin de la ville et de la guerre, dans une maison au bord de la plage d'une petite localité sur le rivage de l'Atlantique.

La décision était irrévocable : ils partiraient dès le lendemain matin. En attendant, ils devaient empaqueter tous leurs biens et se préparer pour un long voyage jusqu'à leur nouveau foyer.

La famille reçut la nouvelle sans surprise. Tous avaient déjà compris que l'idée de quitter la ville pour un endroit plus habitable trottait dans la tête de Maximilian Carver depuis longtemps – tous, à l'exception d'un seul : Max. Pour lui, cette annonce eut le même effet qu'une locomotive en folie traversant un magasin de porcelaines chinoises. Frappé de plein fouet, il en resta bouche bée et le regard absent. Durant ce court instant s'imposa à son esprit la terrible certitude que tout son univers, y compris ses amis de collège, la bande de sa rue et la boutique de journaux illustrés du coin, était sur le point de disparaître à jamais. Rayé d'un seul trait de plume.

Tandis que le reste de la famille, la mine résignée, se dispersait pour préparer les bagages, Max demeura immobile en fixant son père. Le bon horloger s'agenouilla devant son fils et posa les mains sur ses épaules. Pas besoin d'un livre pour comprendre ce qu'exprimait le regard de Max.

— Aujourd'hui, ça te paraît la fin du monde, Max. Mais je te promets que le lieu où nous allons te plaira. Tu verras, tu te feras de nouveaux amis.

— Est-ce que c'est à cause de la guerre ? Est-ce que c'est pour ça qu'on doit partir ?

Maximilian Carver serra son fils dans ses bras, puis, sans cesser de lui sourire, il tira de la poche de sa veste un objet brillant qui pendait au bout d'une chaîne et le lui mit dans les mains. Une montre de gousset.

— Je l'ai faite pour toi. Bon anniversaire, Max.

Max ouvrit la montre, qui était en argent. À l'intérieur, chaque heure était marquée par le dessin d'une lune qui croissait et décroissait en suivant la marche des aiguilles, elles-mêmes formées par les rayons d'un soleil qui souriait au cœur du cadran. Sur le couvercle, gravés dans une belle calligraphie, figuraient ces mots : *La machine du temps de Max.*

Ce jour-là, sans le savoir, tandis qu'il observait la famille affairée à monter et à descendre, chargée de valises, et qu'il tenait dans sa main la montre que lui avait donnée son père, Max cessa d'un seul coup d'être un enfant.

La nuit de son anniversaire, Max ne ferma pas l'œil. Pendant que les autres dormaient, il attendit la venue de ce matin fatal qui devait marquer les adieux définitifs au petit univers qu'il s'était composé au long des ans. Il laissa passer les heures en silence, couché dans son lit, le regard perdu dans les ombres bleues qui dansaient au plafond de sa chambre, comme s'il espérait y découvrir un oracle capable de dessiner son destin à partir de ce jour. Il tenait toujours la montre que son père avait fabriquée pour lui. Les lunes souriantes du cadran brillaient dans la pénombre nocturne. Elles connaissaient peut-être la réponse à toutes les questions que Max avait commencé à collectionner depuis l'après-midi.

Les premières lueurs de l'aube finirent par pointer sur l'horizon bleu. Max sauta du lit et se dirigea vers le salon. Maximilian Carver était installé tout habillé dans un fauteuil près d'une lampe, avec un livre. Max vit qu'il n'était pas le seul à avoir passé la nuit sans dormir. L'horloger lui sourit et ferma le livre.

— Qu'est-ce que tu lis ? questionna Max en indiquant l'épais volume.

— Un livre sur Copernic. Sais-tu qui est Copernic ?

— Je vais au collège, papa.

Le père avait l'habitude de poser des questions à son fils comme si celui-ci venait tout juste de dégringoler de son arbre.

— Et que sais-tu de lui ? insista-t-il.

— Il a découvert que la Terre tourne autour du Soleil, et non l'inverse.

— C'est plus ou moins ça. Et sais-tu ce que cela signifie ?

— Des problèmes, répliqua Max.

L'horloger eut un large sourire et lui tendit le gros livre.

— Tiens. Il est à toi. Lis-le.

Max inspecta le mystérieux volume relié en cuir. Il semblait avoir mille ans et servir de séjour à quelque vieux génie retenu prisonnier dans ses pages par un sortilège séculaire.

— Bon, ajouta son père. Et maintenant, qui va réveiller tes sœurs ?

Max, sans lever les yeux du livre, fit un signe de tête pour indiquer qu'il lui cédait volontiers l'honneur de tirer Alicia et Irina, ses sœurs âgées respectivement de quinze et huit ans, de leur profond sommeil.

Puis, pendant que son père s'en allait claironner le réveil pour toute la famille, Max prit sa place dans le fauteuil, ouvrit grand le livre et se mit à lire. Une demi-heure plus tard, la famille au grand complet franchissait pour la dernière fois le seuil de la maison, vers une nouvelle vie. L'été venait de commencer.

Max avait lu un jour dans un des livres de son père que certaines images de l'enfance restent gravées dans l'album de l'esprit comme des photographies, comme des scènes auxquelles, quel que soit le temps écoulé, on revient toujours et que l'on n'oublie jamais. Max comprit le sens de cette affirmation la première fois qu'il vit la mer. Cela faisait plus de cinq heures que le train roulait quand, soudain, à la sortie d'un tunnel, une étendue infinie de lumière et de clarté spectrale apparut sous ses yeux. L'azur électrique de la mer resplendissante sous le soleil de midi se grava dans sa rétine telle une vision surnaturelle. Tandis que le train poursuivait sa route à quelques mètres du rivage, Max mit la tête à la fenêtre et sentit pour la première fois sur sa peau l'odeur du vent imprégné de sel. Il se retourna pour regarder son père, qui l'observait depuis l'autre bout du compartiment avec un sourire mystérieux, acquiesçant à une question que Max n'avait pas réussi à formuler. Il sut alors que peu importait la destination de ce voyage et dans quelle gare s'arrêterait le train ; à dater de ce jour, jamais plus il ne vivrait dans un lieu d'où l'on ne pourrait pas voir chaque matin au réveil cette lumière bleue aveuglante qui montait vers le ciel comme une vapeur magique et transparente. Telle était la promesse qu'il venait de se faire à lui-même.

Tandis que, sur le quai de la gare du village, Max contemplait le train qui s'éloignait, Maximilian Carver abandonna quelques minutes sa famille avec les bagages devant le bureau du chef de station, afin de négocier avec un transporteur local un prix raisonnable pour acheminer colis, personnes, et tout l'attirail qui allait avec, vers leur destination finale. La première impression de Max, en découvrant le village et l'aspect qu'offraient la gare et les premières maisons dont les toits dépassaient timidement des arbres qui les entouraient, fut que l'endroit ressemblait à une maquette : un de ces villages en miniature pour collectionneurs de trains électriques, où prendre le risque de cheminer un peu trop loin pouvait vous amener à tomber de la table. Devant pareille idée, Max commençait à envisager une intéressante variante de la théorie de Copernic sur l'univers, quand, près de lui, la voix de sa mère le tira de ses divagations cosmiques.

— Alors ? Reçu ou recalé ?

— C'est trop tôt pour le savoir, répondit-il. On croirait une maquette. Comme celles des vitrines des magasins de jouets.

— Peut-être que c'en est une, dit sa mère en souriant.

Quand elle souriait, Max pouvait voir sur ses traits un pâle reflet de sa sœur Irina.

— Mais, poursuivit-elle, ne le dis pas à ton père. Le voilà qui revient.

Maximilian Carver était escorté de deux robustes transporteurs, dûment couverts de taches de graisse, de suie et de plusieurs autres substances impossibles à identifier. L'un et l'autre portaient d'épaisses moustaches et des casquettes de marin, comme si c'était là l'uniforme de leur profession.

— Je vous présente Robin et Philip, expliqua l'horloger. Robin transportera les bagages et Philip la famille. D'accord ?

Sans attendre l'approbation familiale, les deux malabars se dirigèrent vers la montagne de malles et se chargèrent méthodiquement des plus volumineuses sans trahir le moindre signe d'effort. Max sortit sa montre et examina le cadran aux lunes réjouies. Les aiguilles marquaient deux heures de l'après-midi. La vieille horloge de la gare indiquait midi et demi.

— L'horloge de la gare marche mal, murmura-t-il.

— Tu vois ? répliqua son père, euphorique. À peine arrivés, nous avons déjà du travail.

Sa mère sourit faiblement, comme elle le faisait toujours devant les démonstrations d'optimisme rayonnant de Maximilian Carver, cependant Max vit passer dans ses yeux une ombre de tristesse et cette extraordinaire lueur qui, depuis son plus jeune âge, le portait à croire qu'elle lisait dans l'avenir des choses que les autres ne pouvaient deviner.

— Tout ira bien, maman, dit Max, qui, une seconde à peine après avoir proféré ces mots, se sentit idiot.

Sa mère lui caressa la joue et lui sourit encore.

— Mais oui, Max. Tout ira bien.

À ce moment, Max eut la certitude que quelqu'un le regardait. Il se retourna rapidement et aperçut, entre les barreaux d'une fenêtre de la gare, un gros chat tigré qui l'observait fixement comme s'il pouvait lire dans ses pensées. Le félin cligna des yeux et, d'un bond qui révélait une agilité impensable chez un animal de cette taille, chat ou pas chat, s'approcha de la petite Irina et frotta son échine contre les chevilles blanches de la sœur de Max. L'enfant se baissa pour caresser l'animal qui miaulait en sourdine et le prit dans ses bras. Le chat se laissa bercer en léchant doucement les petits doigts de la fillette qui souriait, comme ensorcelée par le charme de la bête. Le chat dans les bras, elle s'approcha de l'endroit où la famille attendait.

— Nous venons tout juste d'arriver, et te voilà déjà avec une bestiole. Qui sait ce qu'elle trimbale sur elle ? déclara Alicia, visiblement dégoûtée.

— Ce n'est pas une bestiole. C'est un chat, et il est abandonné, répliqua Irina. Maman ?

— Irina, nous ne sommes même pas encore à la maison... commença sa mère.

— Il pourra rester dans le jardin. S'il te plaît...

La fillette prit un air lamentable, auquel le félin répondit par un miaulement touchant, plein de douceur et de séduction.

— C'est un gros chat sale, ajouta Alicia. Tu vas encore nous imposer tes caprices ?

Irina adressa à sa sœur aînée un regard pénétrant et acéré qui promettait une déclaration de guerre si celle-ci ne fermait pas immédiatement la bouche. Alicia soutint le regard quelques instants, puis se détourna avec un soupir rageur et s'éloigna en direction des transporteurs qui étaient en train de charger les bagages. En chemin, elle croisa son père, qui remarqua tout de suite la rougeur de son visage.

— Déjà en bagarre ? demanda Maximilian Carver. Et ça, c'est quoi ?

— Il est seul et abandonné, s'empressa d'expliquer Irina. Il restera dans le jardin et je m'en occuperai.

L'horloger, interdit, regarda le chat, puis sa femme.

— Je ne sais pas ce qu'en dira ta mère...

— Et toi, Maximilian Carver, qu'est-ce que tu en dis ? répliqua celle-ci avec un sourire qui trahissait son amusement de s'être déchargée du dilemme sur son mari.

— Eh bien, il faudrait le mener chez le vétérinaire, et puis...

— S'il te plaît... gémit Irina.

L'horloger et son épouse échangèrent un coup d'œil complice.

— Pourquoi pas ? conclut Maximilian Carver, incapable de commencer l'été par un conflit familial. Mais tu te chargeras de lui. Promis ?

Le visage d'Irina s'illumina et les pupilles du félin s'étrécirent au point de ne plus être qu'une tête d'épingle noire dans la sphère dorée et lumineuse de ses yeux.

— Allez ! En route ! Les bagages sont déjà chargés, s'écria l'horloger.

Irina, le chat dans les bras, courut vers les camionnettes. Le félin, la tête posée sur l'épaule de la petite fille, garda les yeux rivés sur Max. « Il nous attendait », pensa celui-ci.

— Ne reste pas planté là, Max. On y va, insista son père qui marchait vers les camionnettes, la main dans celle de sa mère.

Max les suivit.

C'est à ce moment que, pour une raison inconnue, il se retourna et regarda de nouveau le cadran noirci de l'horloge de la gare. Il l'examina attentivement et eut l'impression que quelque chose n'allait pas. Il se souvenait parfaitement qu'à leur arrivée l'horloge indiquait midi et demi. Maintenant, les aiguilles étaient arrêtées sur midi moins dix.

— Max ! appela son père depuis la camionnette. On s'en va !

— Je viens, murmura Max pour lui-même, sans cesser de fixer le cadran.

L'horloge n'était pas détraquée ; elle fonctionnait parfaitement, avec une seule particularité : elle le faisait à l'envers.

2.

La nouvelle maison des Carver était située à l'extrémité nord d'une longue plage qui s'étendait face à l'océan en un ruban de sable blanc et lumineux, avec des petits îlots d'herbes sauvages qui frissonnaient dans le vent. La plage formait la prolongation du village, constitué de petites maisons en bois de deux étages au plus, peintes d'agréables couleurs pastel, avec leurs jardins et leurs clôtures blanches comme tirées au cordeau, renforçant cette impression d'une ville de maisons de poupée qu'avait eue Max en arrivant. En chemin, ils traversèrent l'agglomération, la grand-rue et la place de la mairie, pendant que Maximilian Carver expliquait les merveilles de l'endroit avec l'enthousiasme d'un guide local.

Tout était tranquille et nimbé de cette même luminosité qui avait fasciné Max quand il avait vu pour la première fois la mer. La plupart des habitants se servaient de la bicyclette comme moyen de transport ou allaient simplement à pied. Les rues étaient propres et le seul bruit audible, à part celui de rares véhicules à moteur, était le doux battement des vagues sur la plage. À mesure qu'ils avançaient dans le village, Max voyait se refléter sur les visages de chaque membre de la famille les réactions produites par le spectacle tout neuf de ce qui allait être le décor de leur nouvelle vie. La petite Irina et son allié félin étudiaient le défilé ordonné des rues et des maisons avec une curiosité sereine, comme s'ils se sentaient déjà chez eux. Alicia, plongée dans des pensées impénétrables, avait l'air d'être à des milliers de kilomètres, ce qui confirmait à Max combien il savait peu de chose, ou même rien, de sa sœur. Sa mère observait le village avec une acceptation résignée, sans perdre le sourire qu'elle s'imposait afin de ne pas trahir l'inquiétude qui, pour un motif que Max ne parvenait pas à deviner, paraissait la posséder. Et enfin, Maximilian Carver contemplait triomphalement ce qui allait être leur environnement en adressant des regards à tous les membres de la famille, qui lui répondaient automatiquement par un sourire de consentement (le bon sens leur soufflait que tout autre comportement aurait pu briser le cœur du bon horloger, convaincu d'avoir conduit sa famille dans un nouvel éden).

Devant ces rues baignant dans la lumière et le calme, Max pensa que le fantôme de la guerre était très loin et même irréel, et que, peut-être, son père avait eu une intuition géniale en décidant de s'installer là. Quand les camionnettes s'engagèrent sur le chemin qui conduisait à la maison de la plage, il avait déjà effacé de son esprit l'horloge de la gare et le malaise que le nouvel ami d'Irina lui avait inspiré au premier abord. Il regarda l'horizon et crut distinguer la silhouette d'un bateau, noire et allongée, naviguant comme un mirage dans la brume de chaleur qui montait de l'océan. Quelques secondes plus tard, il avait disparu.

La maison avait deux étages et se dressait à une cinquantaine de mètres de la lisière de la plage, au milieu d'un modeste jardin dont la clôture blanche réclamait d'urgence une nouvelle couche de peinture. Elle avait été construite en bois et, à l'exception du toit noir, elle était peinte en blanc. Elle restait en relativement bon état, compte tenu de la proximité de la mer et des déprédations auxquelles la soumettait quotidiennement le vent humide et imprégné de sel.

En chemin, Maximilian expliqua aux siens que la maison avait été construite en 1928 pour un prestigieux chirurgien de Londres, le docteur Richard Fleischmann, et son épouse, Eva Gray, afin de devenir leur résidence d'été sur la côte. Elle avait été considérée à l'époque par les habitants du village comme une excentricité. Les Fleischmann étaient un couple sans enfants, solitaire, et apparemment guère enclin à fréquenter les gens du cru. Lors de sa première visite, le docteur Fleischmann avait clairement ordonné que tous les matériaux et toute la main-d'œuvre soient acheminés directement de Londres. Un tel caprice triplait pratiquement le coût de la construction, mais la fortune du chirurgien l'y autorisait.

Les habitants avaient assisté avec scepticisme et méfiance aux allées et venues, dès le début de l'hiver 1927 et dans les mois qui suivirent, d'innombrables ouvriers et camions, pendant que le squelette de la maison du bout de la plage s'élevait lentement, jour après jour. Finalement, au printemps, les peintres donnaient leur dernière couche et, quelques semaines plus tard, le couple s'installait pour passer l'été. La maison devait rapidement se manifester comme un véritable talisman qui avait modifié le sort des Fleischmann. L'épouse du chirurgien, qui avait, semblait-il, perdu dans un accident, des années auparavant, la possibilité de concevoir un enfant, s'était révélée enceinte au cours de cette première année. Le 23 juin 1929, elle avait mis au monde, sous le toit de la maison de la plage, un fils qui avait reçu le nom de Jacob.

Jacob était une bénédiction du ciel qui avait changé l'humeur triste et solitaire des Fleischmann. Très vite, le docteur et sa femme avaient sympathisé avec les villageois. Ils avaient fini par devenir des personnages populaires et estimés pendant les années de bonheur passées dans la maison de la plage, jusqu'à la tragédie de 1936. Un matin d'août, le petit Jacob s'était noyé en jouant sur la plage.

Toute la joie et la lumière que le fils tant désiré avait apportées au couple s'étaient éteintes ce jour-là. Durant l'hiver 1936, la santé de Fleischmann s'était progressivement détériorée et, rapidement, les médecins avaient su qu'il ne verrait pas l'été suivant. Une année après le malheur, les avocats de la veuve avaient mis la maison en vente. Elle devait rester vide et sans acheteurs pendant plusieurs années, oubliée à l'extrémité de la plage.

C'est ainsi que, par un pur hasard, Maximilian Carver avait eu vent de son existence. L'horloger revenait d'un voyage dévolu à l'achat de pièces et d'outils destinés à son atelier, quand il avait décidé de passer la nuit dans le village. Au cours du dîner dans le petit hôtel local, il avait eu l'occasion de converser avec le propriétaire, auquel il avait exprimé son éternel désir de vivre dans un village comme celui-là. Le patron lui avait parlé de la maison, et Maximilian avait décidé d'ajourner son retour et de la visiter le lendemain. En revenant chez lui, il avait calculé, l'esprit plein de chiffres, la possibilité d'ouvrir un atelier d'horlogerie dans le village. Il tarda huit mois à annoncer la nouvelle à sa famille, mais au fond de son cœur, sa décision était déjà prise.

Le premier jour dans la maison de la plage allait demeurer dans la mémoire de Max comme une curieuse accumulation d'images insolites. Pour commencer, dès que les camionnettes se furent arrêtées devant la maison et que Robin et Philip eurent commencé de décharger les bagages, Maximilian Carver trouva, inexplicablement, le moyen de trébucher sur un vieux seau et, après une trajectoire vertigineuse et erratique, il alla atterrir sur la clôture blanche, dont il fit tomber plus de quatre mètres. L'incident se solda par les rires étouffés de la famille et un bleu pour la victime ; rien de grave.

Les deux formidables transporteurs déposèrent les bagages devant la porte et, considérant leur mission accomplie, disparurent en laissant à la famille l'honneur de monter les malles par l'escalier. Quand Maximilian Carver ouvrit solennellement la maison, une odeur de renfermé s'en échappa, comme un fantôme qui serait resté durant des années prisonnier de ses murs. L'intérieur baignait dans une faible brume de poussière et de lumière ténue que filtraient des volets clos.

— Mon Dieu, murmura pour elle-même la mère de Max en calculant les tonnes de poussière qu'il faudrait enlever.

— Une merveille, s'empressa d'expliquer Maximilian Carver. Je vous l'avais bien dit.

Max croisa le regard de résignation de sa sœur Alicia. La petite Irina examinait, abasourdie, l'intérieur. Avant qu'aucun membre de la famille ait pu prononcer un mot, le chat sauta de ses bras et, avec un puissant miaulement, se lança dans l'escalier.

Une seconde plus tard, suivant son exemple, Maximilian Carver entra dans le nouveau domicile familial.

Max crut entendre murmurer Alicia :

— Au moins, il y a quelqu'un à qui ça plaît.

La première chose que la mère ordonna de faire fut d'ouvrir rituellement portes et fenêtres en grand pour ventiler la maison. Puis, cinq heures durant, toute la famille s'employa à rendre son nouveau foyer habitable. Avec la précision d'une armée de métier, chaque membre se chargea d'une tâche concrète. Alicia prépara les chambres et les lits. Irina, plumeau en main, fit sauter des bastilles de poussière hors de leurs recoins et Max, dans son sillage, s'occupa de la recueillir. Pendant ce temps, leur mère répartissait les bagages et prenait mentalement note de tous les travaux qu'il faudrait rapidement entreprendre. Maximilian Carver consacra ses efforts à la tuyauterie, la lumière et autres appareils mécaniques pour obtenir qu'ils se remettent à fonctionner après une léthargie de plusieurs années, ce qui ne s'avéra pas facile.

Finalement, la famille se réunit sous le porche et, tous assis sur les marches de leur nouvelle demeure, ils s'accordèrent un repos mérité, tout en admirant la teinte dorée que prenait l'océan avec la chute du jour.

— Ça suffit pour aujourd'hui, concéda Maximilian Carver, couvert des pieds à la tête de suie et de résidus mystérieux.

— Quelques semaines de travail, et la maison commencera à devenir habitable, ajouta la mère.

— Dans les chambres d'en haut, il y a des araignées, annonça Alicia. Énormes.

— Des araignées ? Ouah ! s'exclama Irina. Et à quoi elles ressemblent ?

— À toi, rétorqua Alicia.

— Vous n'allez pas recommencer, d'accord ? coupa leur mère en se frottant le nez. Max les tuera.

— Pas besoin de les tuer, suggéra l'horloger. Il suffit de les capturer et de les transporter dans le jardin.

— C'est toujours sur moi que tombent les missions héroïques, murmura Max. Est-ce que l'extermination ne peut pas attendre jusqu'à demain ?

— Alicia ? intercéda la mère.

— Je n'ai pas l'intention de dormir dans une chambre pleine d'araignées et de Dieu sait quelles autres bestioles en liberté.

— Pauvre idiote ! proféra Irina.

— Monstre ! répliqua Alicia.

— Max, dit Maximilian Carver d'une voix lasse, occupe-toi des araignées avant que la guerre commence.

— Est-ce que je les tue ou est-ce que je les menace seulement ? Je peux leur arracher une patte… suggéra Max.

— Max ! supplia sa mère.

Il s'étira et pénétra à l'intérieur, bien décidé à en découdre avec les précédents locataires. Il emprunta l'escalier qui conduisait à l'étage où se trouvaient les chambres. Du haut de la dernière marche, les yeux brillants du chat d'Irina l'observaient fixement, sans ciller.

Max passa devant le félin qui semblait monter la garde comme une sentinelle. Dès qu'il se dirigea vers une des chambres, le chat lui emboîta le pas.

Le plancher grinçait faiblement sous ses pieds. Max commença la chasse et la capture des arachnides par les chambres qui donnaient au sud-ouest. Des fenêtres, on pouvait voir la plage et la trajectoire déclinante du soleil proche de l'horizon. Il examina le sol avec soin, à la recherche de petits êtres velus et baladeurs. Après la séance de nettoyage, le plancher était relativement propre, et il mit plusieurs minutes à dénicher le premier membre de la famille araignée. D'un coin de la pièce, il repéra une araignée d'une taille impressionnante qui avançait directement sur lui, comme s'il s'agissait de l'hercule de service envoyé par son espèce pour le faire changer d'idée. L'insecte devait mesurer près d'un centimètre et demi et avait huit pattes, avec une tache dorée sur son corps noir.

Max tendit la main vers un balai qui reposait contre le mur pour catapulter l'insecte dans une vie meilleure.

« C'est parfaitement ridicule », pensa-t-il, tout en manipulant silencieusement le balai comme une arme porteuse de mort. Il était en train de calculer le coup mortel quand, soudain, le chat d'Irina se jeta sur l'insecte et, ouvrant grand sa gueule de lion miniature, happa l'araignée et la mastiqua puissamment. Max lâcha le balai et, interdit, fixa le chat, qui lui renvoya un regard dépourvu d'aménité.

— Eh bien, ça alors ! murmura-t-il. Sacré matou !

L'animal avala l'araignée et sortit de la chambre, probablement en quête de quelques parents ou alliés de son premier apéritif. Max alla à la fenêtre. Sa famille était toujours sous le porche. Alicia lui adressa un regard comminatoire.

— À ta place, je ne m'inquiéterais pas, Alicia. Je ne crois pas que tu verras d'autres araignées.

— Assure-toi bien qu'il n'en reste pas, insista Maximilian Carver.

Max acquiesça et se dirigea vers les chambres situées dans la partie postérieure de la maison et qui donnaient sur le nord-est.

Il entendit le chat miauler à proximité et supposa qu'une autre araignée était tombée dans les griffes du félin exterminateur. De ce côté, les chambres étaient plus petites que celles de la façade principale. D'une fenêtre, il contempla le panorama : la maison avait une petite cour où se dressait une remise susceptible d'abriter des meubles et même un véhicule. Un grand arbre dont la cime dominait les mansardes du grenier s'élevait au centre de la cour et, à sa taille, Max imagina qu'il devait être là depuis plus de deux cents ans.

Derrière la cour, limitée par la clôture qui entourait la maison, s'étendait un champ d'herbes folles et, cent mètres plus loin, s'étalait un petit enclos formé par un mur de pierre blanchâtre. La végétation avait envahi le lieu, le transformant en une petite jungle d'où émergeaient ce qui parut à Max être des silhouettes : des formes humaines. Les dernières lueurs du jour tombaient sur la campagne et il dut forcer sa vue. C'était un jardin abandonné. Un jardin avec des statues. Il contempla, hypnotisé, l'étrange spectacle des statues prisonnières dans cette enceinte qui rappelait un petit cimetière de village. Un portail à barreaux métalliques en forme de lances, fermé par des chaînes, permettait d'accéder à l'intérieur. En haut des barreaux, Max distingua un écusson composé d'une étoile à six branches. Au loin, au-delà du jardin des statues, la lisière d'un bois touffu semblait se prolonger sur des kilomètres.

— As-tu fait des découvertes ? (La voix de sa mère derrière lui l'arracha à cette vision.) Nous pensions que les araignées avaient eu raison de toi.

— Tu savais que, juste derrière, près du bois, il y a un jardin avec des statues ?

Max indiqua l'enceinte de pierre et sa mère se mit à la fenêtre.

— La nuit tombe. Ton père et moi, nous allons au village chercher de quoi manger, au moins jusqu'à demain, en attendant d'acheter des provisions. Vous restez seuls. Surveille Irina.

Max acquiesça. Sa mère posa un léger baiser sur sa joue et regagna l'escalier. Max fixa de nouveau les yeux sur le jardin des statues, dont les silhouettes se fondaient lentement dans la brume du crépuscule. La brise avait commencé à fraîchir. Il ferma la fenêtre et s'apprêta à faire de même dans les autres chambres. La petite Irina le rejoignit dans le couloir.

— Elles étaient grosses ? demanda-t-elle, fascinée.

Max eut une seconde d'hésitation.

— Les araignées, Max. Elles étaient grosses ?

— Comme le poing, répondit solennellement Max.

— Ouah !

3.

Le lendemain matin, peu avant le lever du jour, Max crut entendre une forme nimbée de brume nocturne lui murmurer quelques mots à l'oreille. Il se dressa d'un coup, le cœur battant à tout rompre et la respiration hachée. L'image de cette silhouette obscure que, dans son rêve, il avait entendue chuchoter dans la pénombre s'évanouit en quelques secondes. Il tendit la main vers la table de nuit et alluma la petite lampe que Maximilian Carver avait réparée la veille.

À travers la fenêtre, les premières lueurs du jour pointaient au-dessus du bois. Une brume parcourait lentement le champ d'herbes folles et la brise ouvrait des éclaircies dans lesquelles on entrevoyait les silhouettes du jardin des statues. Max prit sa montre de gousset sur la table de nuit et l'ouvrit. Les lunes souriantes brillaient comme des lamelles d'or. Quelques minutes encore, et il serait six heures.

Il s'habilla en silence et descendit précautionneusement l'escalier, attentif à ne pas réveiller le reste de la famille. Il se dirigea vers la cuisine, où les vestiges du dîner traînaient encore sur la table de bois. L'air frais et humide du petit matin lui mordait la peau. Il traversa la pièce sans bruit pour gagner la porte de la clôture, qu'il referma derrière lui, et s'enfonça dans la brume en direction du jardin des statues.

Le chemin dans la brume se révéla plus long qu'il ne l'avait pensé. Vu de la fenêtre de sa chambre, l'enclos de pierre paraissait se trouver à quelque cent mètres de la maison. Pourtant, tandis qu'il marchait entre les herbes folles, Max avait la sensation d'avoir déjà parcouru plus de trois cents mètres, quand, de la brume, émergea le portail aux lances.

Une chaîne rouillée, attachée par un vieux cadenas que le temps avait revêtu d'une couleur blanchâtre, reliait les battants de métal noirci. Max appuya sa tête contre les barreaux et examina l'intérieur. Les broussailles avaient gagné du terrain au cours des années et donnaient au lieu l'aspect d'une serre abandonnée. Max songea que, probablement, personne n'y avait mis les pieds depuis très longtemps et que, s'il y avait eu un gardien du jardin des statues, cela faisait bien des années qu'il avait disparu.

Il regarda autour de lui et trouva près du mur une pierre à la taille de sa main. Il la nettoya et en frappa vigoureusement à plusieurs reprises le cadenas qui réunissait les extrémités de la chaîne, jusqu'à ce que l'anneau, trop vieux, cède sous les coups. La chaîne libérée se balança sur les barreaux comme les tresses d'une chevelure métallique. Max poussa avec force le portail et le sentit s'ouvrir lentement vers l'intérieur. Quand l'espace entre les deux battants fut suffisamment large pour lui permettre de passer, il se reposa une seconde, puis pénétra dans l'enclos.

Une fois dedans, il remarqua que l'endroit était plus grand qu'il ne l'avait cru. De prime abord, il aurait juré qu'il y avait près d'une vingtaine de statues à demi masquées par la végétation luxuriante. Il fit quelques pas et s'enfonça dans le jardin sauvage. Apparemment, les statues étaient disposées en cercles concentriques, et Max se rendit compte que toutes regardaient vers l'ouest. Elles paraissaient faire partie d'un même ensemble qui ressemblait à s'y méprendre à une troupe de saltimbanques. À mesure qu'il marchait entre elles, il distinguait les figures d'un dompteur, d'un fakir avec un turban et un nez d'aigle, d'une contorsionniste, d'un hercule, et toute une galerie de personnages échappés d'un cirque fantôme.

Au milieu du jardin une grande statue sur un piédestal représentait un clown souriant, les cheveux hérissés. Il tendait un bras et, le poing engoncé dans un gant démesuré, il semblait boxer dans l'air contre un objet invisible. À ses pieds, Max distingua une grande dalle sur laquelle on devinait un dessin en relief. Il s'agenouilla et écarta les mauvaises herbes qui couvraient la surface glacée pour découvrir une étoile à six branches entourée d'un cercle. Max reconnut le symbole qu'il avait déjà remarqué sur les lances de la grille.

En observant l'étoile, Max comprit que ce qu'il avait d'abord pris pour des cercles concentriques était en réalité la réplique de l'étoile à six branches. Les statues se dressaient chacune aux points d'intersection des lignes que formait l'étoile. Il se releva et contempla le spectacle fantasmagorique qui l'entourait. Il parcourut du regard, l'une après l'autre, les statues prises dans les tiges d'herbes sauvages agitées par le vent, et finit en s'arrêtant de nouveau sur le clown. Un frisson lui parcourut le corps et il fit un pas en arrière. La main de la statue, qu'il avait vue quelques secondes plus tôt le poing fermé, était maintenant ouverte, la paume tendue, comme si elle l'invitait. Il sentit l'air froid de l'aube lui brûler la gorge et le sang palpiter à ses tempes.

Lentement, comme s'il craignait de réveiller les effigies de leur sommeil éternel, il refit le chemin jusqu'à la grille de l'enclos sans cesser de se retourner à chaque pas. Quand il eut passé la porte, la maison de la plage lui parut très loin. Sans prendre le temps de réfléchir, il se mit à courir et, cette fois, il ne regarda pas derrière lui avant d'être arrivé à la clôture de la cour. Quand il y fut, le jardin des statues était de nouveau noyé dans la brume.

L'odeur du beurre et des toasts envahissait la cuisine. Alicia regardait son breakfast d'un air maussade, tandis que la petite Irina servait à son nouveau favori un peu de lait dans une soucoupe, auquel le félin ne daigna pas toucher. Max observait la scène en pensant par-devers lui que les préférences gastronomiques de l'animal étaient ailleurs, comme il avait pu le constater la veille. Maximilian Carver tenait dans les mains un bol de café fumant et, euphorique, admirait sa famille.

— Ce matin de bonne heure, je suis allé voir ce qu'il y avait dans le garage, commença-t-il en adoptant le ton de *Je vais vous révéler un mystère* qu'il aimait prendre quand il souhaitait qu'on l'interroge sur ses découvertes.

Max connaissait si bien les stratégies de l'horloger qu'il se demandait parfois qui était le père et qui était le fils.

— Et qu'est-ce que tu y as trouvé ? fit-il en entrant dans son jeu.

— Tu ne le croiras jamais, répondit son père, alors que Max pensait « Je suis sûr que si ». Deux bicyclettes.

Max haussa les sourcils en manière d'interrogation.

— Elles sont un peu vieilles, mais avec un poil de graisse sur les chaînes, on peut en faire de vrais bolides, expliqua Maximilian Carver. Mais ce n'est pas tout. Devinez ce que j'ai encore trouvé dans le garage ?

— Un gros tamanoir, murmura Irina, sans cesser de caresser son ami le chat.

À huit ans seulement, la cadette des Carver avait déjà développé une tactique dévastatrice pour miner le moral de son père.

— Non, répliqua l'horloger, visiblement vexé. Personne n'est capable de répondre ?

Max vit du coin de l'œil que sa mère avait surveillé la scène ; comme personne n'avait l'air intéressé par les exploits de son mari, elle se porta à son secours.

— Un album de photos ? suggéra-t-elle de son ton le plus suave.

— Presque, presque, répondit l'horloger, s'animant de nouveau. Max ?

Sa mère lui jeta un coup d'œil. Max comprit son appel.

— Je ne sais pas. Un journal intime ?

— Non. Alicia ?

— Je me rends, dit Alicia, visiblement absente.

— Bien, bien. Écoutez-moi ça ! Ce que j'ai trouvé, c'est un projecteur. Un projecteur de cinéma. Et une caisse pleine de films.

— Quel genre de films ? s'enquit Irina en quittant son chat des yeux pour la première fois depuis un quart d'heure.

Maximilian Carver haussa les épaules.

— Je l'ignore. Des films. Est-ce que ce n'est pas fascinant ? Nous avons un cinéma à domicile.

— Ça, c'est dans le cas où le projecteur fonctionne, fit remarquer Alicia.

— Merci pour tes encouragements, ma fille, mais je te rappelle que ton père gagne sa vie en réparant les machines détraquées.

Andrea Carver posa les mains sur les épaules de son mari.

— Je me réjouis d'entendre ça, monsieur Carver, parce qu'il faudrait que quelqu'un ait un brin de conversation avec la chaudière de la cave.

— Je m'en occupe, répondit l'horloger en se levant de table.

Alicia suivit son exemple.

— Mademoiselle, intervint Andrea Carver, vous devez d'abord manger. Vous n'avez touché à rien.

— Je n'ai pas faim.

— Je peux le faire à sa place, suggéra Irina.

Andrea Carver repoussa catégoriquement une telle éventualité.

— Elle ne veut pas grossir, chuchota ironiquement Irina à son chat.

— Je suis incapable de manger avec cette chose qui traîne sa queue et laisse des poils partout, déclara Alicia.

Irina et le félin la dévisagèrent avec le même mépris.

— Pauvre idiote, décida Irina en sortant dans la cour avec l'animal.

— Pourquoi lui passes-tu tous ses caprices ? Quand j'avais son âge, tu ne me laissais pas faire la moitié de ce qu'elle fait, protesta Alicia.

— Nous n'allons pas remettre ça ? dit Andrea d'une voix calme.

— Ce n'est pas moi qui ai commencé, répliqua sa fille aînée.

— D'accord. Excuse-moi. (Andrea Carver caressa légèrement la longue chevelure d'Alicia, qui détourna la tête en esquivant cette tentative de conciliation.) Mais termine ton petit déjeuner. S'il te plaît.

À cet instant, un fracas métallique retentit sous leurs pieds. Ils se regardèrent tous les trois.

— Votre père est entré en action, murmura Andrea Carver tout en achevant son bol de café.

Mécaniquement, Alicia commença à mastiquer un toast, tandis que Max essayait de s'ôter de la tête l'image de cette main tendue et des yeux exorbités du clown qui souriait dans la brume du jardin des statues.

4.

Les bicyclettes que Maximilian Carver avait tirées de leur purgatoire dans le petit abri de la cour se révélèrent en meilleur état que Max ne l'avait imaginé. En fait, elles donnaient l'impression de n'avoir pratiquement jamais été utilisées. Armé de peaux de chamois et d'un liquide spécial pour nettoyer les métaux dont sa mère ne se séparait jamais, Max découvrit que, sous la couche de saleté et de moisissure, elles étaient toutes deux neuves et reluisantes. Avec l'aide de son père, il en graissa la chaîne et les pignons, puis gonfla les pneus.

— Il faudra probablement changer les chambres à air, expliqua Maximilian Carver, mais pour le moment on peut encore rouler avec.

Une des bicyclettes était plus petite que l'autre et, tout en la nettoyant, Max se demandait si le docteur Fleischmann les avait achetées des années auparavant dans l'idée de se promener un jour avec Jacob sur le chemin de la plage. Maximilian Carver lut dans le regard de son fils l'ombre d'un sentiment de culpabilité.

— Je suis certain que le vieux docteur aurait été ravi que tu te serves de cette bicyclette, dit-il.

— Moi, je n'en suis pas si sûr, murmura Max. Pourquoi les a-t-il laissées là ?

— Les mauvais souvenirs vous poursuivent sans que l'on ait besoin de les emporter avec soi, répondit Maximilian Carver. Je suis convaincu que personne ne s'en est plus jamais servi. Allons, monte dessus. Nous allons les essayer.

Ils posèrent les roues au sol et Max régla la hauteur de la selle, en vérifiant du même coup si les câbles des freins étaient bien tendus.

— Il faudrait y mettre un peu plus de graisse, dit-il.

— C'est bien ce que je pensais, confirma l'horloger, qui se mit immédiatement au travail. Écoute, Max.

— Oui, papa.

— Ne t'interroge pas trop sur ces bicyclettes, d'accord ? Ce qui est arrivé à cette pauvre famille ne nous concerne en rien. Je ne sais pas si j'ai bien fait de vous le raconter, ajouta l'horloger avec un soupçon d'inquiétude dans la voix.

— Ce n'est pas grave. – Max serra de nouveau le frein. – Comme ça, il est parfait.

— Alors, vas-y.

— Tu ne m'accompagnes pas ?

— Cette après-midi, s'il te reste encore du courage, je te battrai à plate couture. Mais à onze heures je dois retrouver au village un certain Fred, qui me cédera un local pour installer la boutique. Il faut penser aux affaires.

Maximilian Carver ramassa les outils et s'essuya les mains sur une des peaux de chamois. Max contempla son père en se demandant comment il était lorsqu'il avait son âge. La tradition familiale prétendait qu'ils se ressemblaient, mais la même tradition affirmait aussi qu'Irina ressemblait à Andrea Carver, ce qui n'était rien d'autre qu'un de ces stupides lieux communs que les grands-mères, les tantes et toute la galerie des cousins insupportables qui se manifestent aux repas de Noël répétaient d'année en année en caquetant comme des poules pondeuses.

— Max est encore parti dans ses rêves, commenta Maximilian Carver avec un sourire.

— Tu savais que, près du bois qui est derrière la maison, il y a un jardin avec des statues ? lâcha soudain Max, qui fut le premier surpris de s'entendre formuler cette question.

— Je suppose qu'il y a dans les parages beaucoup de choses que nous n'avons pas encore vues. Le garage lui-même est rempli de caisses et j'ai découvert ce matin que la cave de la chaudière ressemble à un musée. À mon avis, il suffirait que nous vendions tout ce bric-à-brac qui se trouve dans la maison pour que je n'aie même pas besoin d'ouvrir une boutique : nous pourrions vivre de nos rentes.

Maximilian Carver adressa à son fils un regard comminatoire.

— Écoute, si tu n'essayes pas cette bicyclette, elle se couvrira de nouveau de cochonneries et finira à l'état de fossile.

— C'est fait, dit Max en donnant le premier coup de pédale à la bicyclette que Jacob Fleischmann n'avait pas eu le temps d'étrenner.

Longeant une longue file de maisons semblables à leur nouvelle résidence, il pédala, en direction du village, sur le chemin de la plage qui s'arrêtait juste à l'entrée d'une petite baie où se trouvait le port des pêcheurs. Il n'y avait guère plus de quatre ou cinq barques amarrées aux vieux quais, et c'étaient presque toutes des petits canots en bois qui ne dépassaient pas quatre mètres de longueur et que les pêcheurs locaux utilisaient pour poser d'antiques filets à quelques centaines de mètres de la côte.

Max, toujours sur sa bicyclette, contourna le labyrinthe des bateaux en réparation sur les quais et les piles de caisses en bois de la halle aux marées. Se fixant pour but le petit phare, il s'engagea sur la jetée en forme de demi-lune qui fermait le port. Une fois au bout, il laissa sa bicyclette posée contre le phare et s'assit pour se reposer sur un des gros blocs de pierre, exposés aux attaques répétées de la mer, qui bordaient la face extérieure de la jetée. De là, il contempla l'océan qui s'étendait comme une plaque de lumière aveuglante jusqu'à l'infini.

Cela faisait à peine quelques minutes qu'il était assis face à la mer quand un autre cycliste arriva sur la jetée. Le garçon, qu'il estima âgé de seize ou dix-sept ans, roula jusqu'au phare et laissa son coursier à côté de celui de Max. Puis, lentement, il écarta l'épaisse chevelure qui lui tombait sur le visage et marcha vers l'endroit où Max se reposait.

— Salut. Tu es de la famille qui vient de s'installer dans la maison du bout de la plage ?

Max confirma.

— Je m'appelle Max.

Le garçon, à la peau intensément bronzée par le soleil et aux yeux verts pénétrants, lui tendit la main.

— Roland. Bienvenue dans la Cité de l'Ennui.

Max sourit et accepta la main de Roland.

— Comment vous trouvez la maison ? Elle vous plaît ?

— Les avis sont partagés. Mon père est enchanté. Le reste de la famille voit les choses autrement.

— J'ai rencontré ton père il y a quelques mois, quand il est venu au village, dit Roland. Il m'a paru être un type sympathique. Horloger, hein ?

Max acquiesça.

— Oui, c'est un type sympathique, parfois. Et d'autres fois, il lui vient des idées saugrenues, comme de décider de s'installer ici.

— Pourquoi êtes-vous venus dans ce village ? s'enquit Roland.

— La guerre. Mon père pense que ce n'est pas un bon moment pour vivre dans une ville. Je suppose qu'il a raison.

— La guerre, répéta Roland en baissant les yeux. Moi, je serai appelé en septembre.

Max resta muet. Roland s'aperçut de son silence et lui adressa un nouveau sourire.

— Ça a son bon côté. Avec un peu de chance, ce sera mon dernier été au village.

Max lui rendit timidement son sourire, en pensant que dans quelques années, si la guerre n'était pas terminée, ce serait son tour de recevoir son avis d'incorporation dans l'armée. Même par un jour de lumière éblouissante comme celui-là, le fantôme invisible de la guerre jetait sur l'avenir un manteau de ténèbres.

— Je suppose que tu n'as pas encore eu le temps de voir le village, dit Roland.

Max confirma.

— Eh bien, le nouveau, prends ta bécane. On va faire la visite touristique sur deux roues.

Max devait faire des efforts pour se maintenir au même rythme que Roland, et il avait à peine pédalé sur deux cents mètres depuis l'extrémité de la jetée qu'il sentait déjà les premières gouttes de sueur glisser sur son front et ruisseler le long de ses côtes. Roland se retourna et lui adressa un sourire narquois.

— Manque de pratique, hein ? La vie de la ville t'a fait perdre la forme ! lui cria-t-il sans ralentir l'allure.

Max suivit Roland le long de la promenade qui bordait la côte pour pénétrer ensuite dans les rues du village. Au moment où il commençait à prendre un sérieux retard, Roland réduisit sa vitesse et finit par s'arrêter près d'une grande fontaine en pierre au centre d'une place. Max pédala jusque-là et laissa tomber sa bicyclette par terre. L'eau qui coulait de la fontaine semblait délicieusement fraîche.

— Je ne te la conseille pas, dit Roland en lisant dans ses pensées. Elle donne la colique.

Max respira profondément et mit sa tête sous le jet d'eau froide.

— On ira plus lentement, concéda Roland.

Max se laissa asperger durant quelques secondes, puis s'adossa à la pierre, la tête ruisselant sur ses vêtements. Roland lui souriait.

— Je t'assure que je ne pensais pas que tu en baverais autant. Ça – il désigna les alentours –, c'est le centre du village. La place de la mairie. Le tribunal est dans ce bâtiment, mais il ne fonctionne plus. Le dimanche, il y a marché. Et la nuit, en été, on projette des films sur les murs de la mairie. La plupart du temps ils sont vieux et les bobines passent dans n'importe quel ordre.

Max acquiesça faiblement, récupérant son souffle.

— Fascinant, non ? dit Roland en riant. Il y a aussi une bibliothèque, mais je donnerais ma main à couper qu'elle ne contient pas plus de soixante livres.

— Et qu'est-ce qu'on fait de son temps, alors ? parvint à articuler Max. À part aller à bicyclette.

— Bonne question, Max. Je vois que tu commences à comprendre. On continue ?

Max soupira et ils revinrent tous deux à leurs montures.

— Cette fois, c'est moi qui donnerai le rythme, exigea Max.

Roland haussa les épaules et repartit en pédalant.

Pendant plus de deux heures, Roland guida Max dans les moindres coins et recoins du village et de ses alentours. Ils allèrent voir les falaises à l'extrême sud. Roland lui révéla que c'était le meilleur endroit pour plonger, près d'un vieux bateau qui avait sombré en 1918 et était devenu, depuis, une jungle sous-marine avec toutes sortes d'algues extraordinaires. Il expliqua qu'au cours d'une effroyable nuit de tempête le cargo avait été drossé sur les dangereux rochers qui pointaient à quelques mètres seulement de la surface. La fureur de l'orage et l'obscurité que les éclairs n'avaient pas le temps de dissiper étaient telles que tous les membres de l'équipage étaient morts noyés. Tous, à l'exception d'un seul. L'unique survivant de cette tragédie était un ingénieur qui, par reconnaissance envers la Providence qui avait bien voulu le sauver, s'était installé au village et avait construit un phare en haut des falaises escarpées qui dominaient la scène de ce drame nocturne. Cet homme, aujourd'hui âgé mais qui continuait d'être le gardien du phare, n'était autre que le « grand-père adoptif » de Roland. Après le naufrage, un couple du village l'avait transporté à l'hôpital et l'avait soigné jusqu'à son complet rétablissement. Quelques années plus tard, tous deux avaient péri dans un accident de voiture et le gardien du phare avait pris en charge le petit Roland, âgé alors d'un an à peine.

Roland vivait avec lui dans la maison du phare, mais il passait en réalité la plus grande partie de son temps dans la cabane qu'il s'était construite sur la plage, au pied des falaises.

Dans tous les sens du terme, le gardien du phare *était* son véritable grand-père. La voix de Roland laissait percer une certaine amertume pendant qu'il relatait ces faits, que Max écouta en silence et sans poser de questions. Après le récit du naufrage, ils déambulèrent dans les rues voisines de la vieille église, où Max fit la connaissance de quelques habitants, des gens aimables qui s'empressèrent de lui souhaiter la bienvenue.

Finalement, Max, épuisé, décida qu'il n'était pas indispensable de connaître tout le village en une seule matinée et que si, comme tout portait à le croire, il devait y passer un certain nombre d'années, il aurait largement le temps de découvrir ses mystères, si tant est qu'il y en avait.

— C'est vrai, lui accorda Roland. Mais dis-moi : en été je vais presque tous les matins plonger sur le bateau naufragé. Est-ce que tu veux venir avec moi demain ?

— Si tu plonges comme tu montes à bicyclette, je ne tiendrai pas le coup.

— J'ai des lunettes de plongée et des palmes en réserve, expliqua Roland.

La proposition était tentante.

— D'accord. Je dois emporter quelque chose ?

— Non, j'apporterai tout. En fait... tout bien réfléchi, apporte le casse-croûte. Je viendrai te chercher à neuf heures.

— Neuf heures et demie.

— Réveille-toi à temps.

Quand Max reprit en pédalant le chemin de la maison de la plage, les cloches de l'église annonçaient trois heures de l'après-midi et le soleil commençait à se cacher derrière un manteau de nuages noirs qui laissaient présager la pluie. Il se retourna un instant pour regarder derrière lui. Debout près de sa bicyclette, Roland le saluait de la main.

La tempête s'abattit sur le village comme le train fantôme d'une foire ambulante. En quelques minutes, le ciel se transforma en une voûte couleur de plomb et la mer emprunta une teinte métallique et opaque, tel un immense radeau de mercure. Les premiers éclairs furent accompagnés de bourrasques venues du large. Max pédala avec force, néanmoins l'averse l'atteignit de plein fouet alors qu'il lui restait encore cinq cents mètres à parcourir jusqu'à la maison de la plage. Quand il arriva à la clôture blanche, il était tellement trempé qu'il avait l'air tout droit sorti des vagues. Il courut ranger la bicyclette dans le garage et entra dans la maison par la porte de la cour. La cuisine était déserte, mais une appétissante odeur y flottait. Sur la table, il vit un plateau avec des sandwichs à la viande et un pot de citronnade. À côté était posé un mot, de l'écriture soignée d'Andrea Carver.

Max, voilà de quoi manger. Ton père et moi, nous serons au village toute l'après-midi pour des affaires concernant la maison. Ne te sers SURTOUT PAS des toilettes de l'étage. Irina est avec nous.

Il reposa le billet et décida d'emporter le plateau dans sa chambre. Le marathon cycliste de la matinée l'avait laissé fourbu et affamé. La maison paraissait vide. Alicia n'était pas là, ou alors elle s'était enfermée dans sa chambre. Max alla directement dans la sienne, se changea, et s'étendit sur le lit pour savourer les délicieux sandwichs que sa mère lui avait préparés. Dehors, la pluie tambourinait avec force, et les coups de tonnerre faisaient trembler les fenêtres. Il alluma la petite lampe de chevet et prit le livre sur Copernic que son père lui avait donné. Après avoir lu et relu quatre fois le même paragraphe, il découvrit qu'il mourait d'envie de plonger le lendemain près du cargo naufragé avec son nouvel ami Roland. Il engloutit les sandwichs en moins de dix minutes, puis ferma les yeux, pour ne plus entendre que le bruit de la pluie qui crépitait sur le toit et sur les vitres. Il aimait la pluie et la musique de l'eau coulant dans les gouttières et les chéneaux qui bordaient le toit.

Quand la pluie tombait ainsi, Max sentait que le temps s'arrêtait. C'était comme une trêve durant laquelle on pouvait laisser de côté son occupation du moment et, simplement, contempler de sa fenêtre durant des heures le spectacle de cette chute sans fin de larmes célestes. Il reposa le livre sur la table de nuit et éteignit la lumière. Lentement, baignant dans le son hypnotique de la pluie, il se laissa vaincre par le sommeil.

5.

Il fut réveillé par les voix de la famille au rez-de-chaussée et la cavalcade d'Irina dans l'escalier. La nuit était tombée, mais Max put voir que la tempête était passée en laissant derrière elle un tapis d'étoiles dans le ciel. Il jeta un regard sur sa montre et constata qu'il avait dormi près de six heures. Il était en train de se lever quand on frappa à sa porte.

— Je préviens la Belle au bois dormant qu'il est l'heure de dîner, rugit de l'autre côté la voix euphorique de Maximilian Carver.

Pendant une seconde, Max se demanda pour quelle raison son père se montrait si joyeux. L'instant suivant, il se souvint de la séance de cinéma qu'il avait promise le matin au breakfast.

— Je descends tout de suite, répondit-il, en ayant encore dans la bouche le goût des sandwichs à la viande.

— Ça vaudrait mieux, répliqua l'horloger déjà dans l'escalier.

Bien que ne se sentant pas le moindre appétit, Max descendit dans la cuisine et s'assit à table avec le reste de la famille. Alicia regardait son assiette, perdue dans ses pensées, en y touchant à peine. Irina dévorait sa part avec enthousiasme et murmurait des paroles incompréhensibles à son détestable chat qui la regardait fixement, assis à ses pieds. Ils dînèrent calmement pendant que Maximilian Carver expliquait qu'il avait trouvé au village un local excellent pour y installer l'horlogerie et reprendre son commerce.

— Et toi, Max, qu'est-ce que tu as fait ?

— Je suis allé au village. (Les autres se tournèrent vers lui, dans l'attente de détails.) J'ai fait la connaissance d'un garçon, Roland. Demain, nous irons plonger.

— Max s'est déjà fait un ami ! s'exclama triomphalement Maximilian Carver. Vous voyez : je vous l'avais bien dit !

— Et comment est-il, ce Roland ? s'enquit Andrea Carver.

— Je ne sais pas. Sympathique. Il vit avec son grand-père, le gardien du phare. Il m'a montré un tas de choses dans le village.

— Et où as-tu dit que vous allez plonger ? demanda le père.

— Sur la plage du sud, de l'autre côté du port. D'après Roland, il y a là-bas les restes d'un bateau qui a fait naufrage, il y a très longtemps.

— Je peux venir ? intervint Irina.

— Non, trancha Andrea Carver. Max, tu es sûr que ce ne sera pas dangereux ?

— Maman...

— D'accord, concéda Andrea Carver. Mais sois prudent.

Max promit.

— Moi, quand j'étais jeune, j'étais un bon plongeur... commença Maximilian Carver.

— Au nom du ciel ! l'interrompit son épouse. Pas maintenant. Tu ne devais pas nous projeter des films ?

Maximilian Carver haussa les épaules et se leva, prêt à montrer ses talents de projectionniste.

— Aide ton père, Max.

Pendant une seconde, avant de faire ce qu'on lui demandait, Max examina à la dérobée sa sœur Alicia, qui avait gardé le silence durant tout le repas. Son regard absent semblait proclamer et même crier à quel point elle était à mille lieues de là. Pourtant, pour une raison qu'il ne parvenait pas à comprendre, personne d'autre ne s'en apercevait, ou chacun, en tout cas, feignait de ne rien remarquer. Un instant, Alicia lui rendit son regard. Max tenta de lui sourire.

— Tu veux venir demain avec nous ? proposa-t-il. Roland te plaira.

Alicia eut un faible sourire et, sans prononcer un mot, fit signe que oui, tandis qu'une vague lueur s'allumait dans ses yeux sombres et sans fond.

— Tout est prêt. Éteignez les lumières, dit Maximilian Carver en achevant de fixer la bobine de pellicule sur le projecteur.

L'appareil paraissait dater pour le moins de l'époque de Copernic, et Max avait plus que des doutes sur son fonctionnement.

— Qu'est-ce que nous allons voir ? s'enquit Andrea Carver en prenant Irina dans ses bras.

— Je n'en ai pas la moindre idée, avoua l'horloger.

Il y a une caisse dans le garage, avec des dizaines de films sans aucune indication. J'en ai pris quelques-uns au hasard. Je ne serais pas étonné que l'on ne voie rien. Les émulsions du celluloïd s'abîment très facilement et, après toutes ces années, le plus probable est qu'elles se soient détachées de la pellicule.

— Ça veut dire quoi ? l'interrompit Irina. Que nous n'allons rien voir ?

— Il n'y a qu'une seule manière d'en être sûr, répondit Maximilian Carver en actionnant l'interrupteur du projecteur.

En quelques secondes, le bruit de vieille motocyclette de l'appareil se manifesta et le faisceau tremblotant traversa la pièce comme une lance lumineuse. Max concentra son regard sur le rectangle projeté sur le mur blanc. C'était comme regarder à l'intérieur d'une lanterne magique, sans savoir avec exactitude quelles visions pourraient s'échapper d'une telle invention. Il retint son souffle et, en quelques instants, le mur fut inondé d'images.

Max comprit immédiatement que ce film ne provenait pas des réserves d'un ancien cinéma. Il ne s'agissait pas d'une copie d'un film connu, ni même d'une bobine perdue d'une série de l'époque du muet. Les images brouillées et griffées par le temps trahissaient l'évidente condition d'amateur de celui qui les avait enregistrées. Ce n'était rien d'autre qu'un film familial, probablement tourné des années auparavant par l'ancien propriétaire de la maison, le docteur Fleischmann. Max supposa que c'était le cas des autres bobines que son père avait trouvées dans le garage près du projecteur préhistorique. Les illusions de cinéclub particulier de Maximilian Carver s'étaient écroulées en moins d'une minute.

Le film montrait maladroitement une promenade dans ce qui semblait être un bois. Il avait été tourné pendant que l'opérateur marchait lentement entre les arbres, et l'image progressait cahin-caha, avec de brusques changements d'éclairage et de cadrage qui permettaient difficilement de reconnaître le lieu où se déroulait l'étrange parcours.

— Qu'est-ce que c'est que ça ? s'exclama Irina, visiblement déçue, à l'adresse de son père qui regardait avec perplexité ce film insolite et, au vu de la première minute de projection, insupportablement ennuyeux.

— Je ne sais pas, murmura Maximilian Carver, perdu. Je ne m'attendais pas à ça…

Max avait lui aussi commencé à perdre tout intérêt pour le film, quand quelque chose attira son attention dans la cascade d'images chaotiques.

— Et si tu essayais une autre bobine, mon chéri ? suggéra Andrea Carver, essayant de sauver du naufrage les illusions que son mari s'était faites sur les prétendues archives cinématographiques du garage.

— Attends, intervint Max en reconnaissant une silhouette familière sur la pellicule.

À présent, la caméra était sortie du bois et avançait vers un enclos fermé par un haut mur de pierre, avec un grand portail aux barreaux en forme de lances. Max connaissait cet endroit : il y était allé la veille.

Fasciné, il vit que la caméra trébuchait légèrement avant de pénétrer à l'intérieur du jardin des statues.

— On dirait un cimetière, murmura Andrea Carver. Qu'est-ce que c'est ?

La caméra parcourut quelques mètres dans le jardin des statues. Sur la pellicule, le lieu ne présentait pas l'aspect d'abandon dans lequel Max l'avait découvert. Il n'y avait pas trace d'herbes folles et la surface du sol de gravier était propre et soignée, comme si un gardien méticuleux s'employait jour et nuit à maintenir cet enclos immaculé.

La caméra s'arrêta devant chacune des statues disposées aux points cardinaux de la grande étoile que l'on pouvait clairement distinguer au pied des effigies. Max reconnut les visages de pierre blanche et leurs oripeaux de personnages de cirque ambulant. Il y avait quelque chose d'inquiétant dans la tension et la posture adoptée par les corps de ces représentations fantomatiques et dans l'expression théâtrale de leurs visages masqués derrière une immobilité qui ne semblait qu'apparente.

Le film montra les membres de la troupe du cirque sans aucune coupure. La famille contempla cette vision spectrale en silence, sans autre bruit que le cliquètement plaintif du projecteur.

Finalement, la caméra se dirigea vers le centre de l'étoile tracée sur la surface du jardin. L'image révéla la silhouette à contre-jour du clown souriant, vers lequel convergeaient toutes les autres statues. Max observa attentivement les traits de ce visage et sentit de nouveau le frisson qui l'avait parcouru quand ils s'étaient trouvés face à face. Quelque chose dans l'image ne concordait pas avec ce qu'il se rappelait de sa visite dans le jardin ; mais la mauvaise qualité de la pellicule l'empêcha d'obtenir une vision plus claire de l'ensemble de la statue qui lui aurait permis de découvrir précisément ce que c'était. La famille Carver resta silencieuse pendant que les derniers mètres du film défilaient sous le faisceau du projecteur. Carver arrêta l'appareil et ralluma.

— Jacob Fleischmann, murmura Max. Ce sont les films d'amateur de Jacob Fleischmann.

Son père eut un mouvement d'approbation muet. La séance de cinéma était terminée. Max sentit pendant quelques secondes que la présence de cet invité invisible qui, près de dix ans plus tôt, s'était noyé à peu de mètres de là, sur la plage, imprégnait chaque recoin de cette maison, chaque marche de l'escalier, lui donnant l'impression d'être lui-même un intrus.

Sans prononcer d'autres paroles, Maximilian Carver se mit en devoir de démonter le projecteur, tandis qu'Andrea Carver prenait Irina dans ses bras et l'emportait dans l'escalier pour la mettre au lit.

— Je peux dormir avec toi ? demanda Irina en embrassant sa mère.

— Laisse ça, dit Max à son père. Je me charge de tout ranger.

Maximilian sourit à son fils et lui donna une tape dans le dos pour marquer son accord.

— Bonne nuit, Max. (L'horloger se tourna vers sa fille.) Bonne nuit, Alicia.

— Bonne nuit, papa, répondit Alicia en suivant des yeux son père qui montait l'escalier d'un air fatigué et déçu.

Lorsque les pas de l'horloger se furent éteints, Alicia regarda fixement son frère.

— Promets-moi de ne dire à personne ce que je vais te raconter.

Max promit.

— De quoi s'agit-il ?

— Le clown. Celui du film, commença Alicia. Je l'ai déjà vu. En rêve.

— Quand ça ? demanda Max, qui sentit les battements de son cœur s'accélérer.

— La nuit avant de partir pour ici.

Max s'assit face à Alicia. Ce n'était pas facile de lire les émotions sur ce visage, pourtant il eut l'impression de voir une ombre de terreur dans les yeux de la jeune fille.

— Explique-moi. Qu'est-ce que tu as rêvé exactement ?

— C'est bizarre, mais dans le rêve il était, comment dire… différent.

— Différent ? De quelle façon ?

— Ce n'était pas un clown. Je ne sais pas… (Elle haussa les épaules comme s'il s'agissait de minimiser l'importance de l'affaire, mais sa voix tremblante révélait ses pensées profondes.) Tu crois que ça signifie quelque chose ?

— Non, mentit Max. Probablement pas.

— Je suppose que non, confirma Alicia. Est-ce que ça tient toujours, pour demain ? La plongée…

— Bien sûr. Je te réveille ?

Alicia sourit à son jeune frère. C'était la première fois que Max la voyait sourire depuis des mois, peut-être même des années.

— Je serai réveillée, affirma-t-elle en se dirigeant vers sa chambre. Bonne nuit.

— Bonne nuit.

Max attendit d'entendre la porte de la chambre d'Alicia se fermer avant de s'asseoir dans le fauteuil du salon, à côté du projecteur. De là, il pouvait entendre les conversations à mi-voix de ses parents dans leur chambre. Le reste de la maison s'enfonça dans le silence nocturne, à peine troublé par le bruissement des vagues sur la plage. Il s'aperçut que quelqu'un le regardait au pied de l'escalier. Les yeux jaunes et brillants du chat d'Irina le scrutaient avec intensité. Max renvoya son regard au félin.

— Va-t'en ! lui ordonna-t-il.

Le chat soutint le regard pendant quelques secondes, puis disparut dans l'ombre. Max se leva et commença de rassembler le projecteur et la pellicule. Il envisagea de rapporter le matériel dans le garage, cependant l'idée de sortir en pleine nuit lui parut peu séduisante. Il éteignit les lampes de la maison et monta dans sa chambre. Il tenta de distinguer le jardin des statues de sa fenêtre, mais il était invisible dans l'obscurité. Il se coucha et éteignit également la lampe de chevet.

Contrairement à ce qu'il espérait, la dernière image qui défila dans son esprit, aux petites heures de la nuit, avant qu'il ne succombe au sommeil, ne fut pas la sinistre promenade cinématographique dans le jardin des statues, mais le sourire inattendu d'Alicia, une demi-heure plus tôt dans le salon. Une expression apparemment insignifiante ; pourtant, pour une raison inexplicable, Max sentit qu'une porte s'était ouverte entre eux deux, et que, à partir de cette nuit, il ne considérerait plus jamais sa sœur comme une inconnue.

6.

Peu après l'aube, Alicia se réveilla et découvrit derrière les vitres de sa fenêtre deux profonds yeux jaunes qui la regardaient fixement. Elle se leva d'un coup et le chat d'Irina, sans se presser, quitta l'appui de la fenêtre. Elle détestait cet animal, ses airs supérieurs et cette odeur pénétrante qui le précédait, dénonçant sa présence avant même qu'il ne soit entré dans une pièce. Ce n'était pas la première fois qu'elle le surprenait en train de l'observer furtivement. Dès l'instant où Irina avait obtenu d'emmener l'odieux félin dans la maison de la plage, Alicia avait remarqué que, souvent, l'animal demeurait immobile pendant de longues minutes, surveillant, épiant les mouvements de tel ou tel membre de la famille depuis le seuil d'une porte ou tapi dans l'ombre. Secrètement, Alicia caressait l'espoir qu'un chien des rues lui règle son compte au cours d'une de ses randonnées nocturnes.

Dehors, le ciel perdait la teinte pourpre qui accompagnait toujours l'aube, et les premiers rayons d'un soleil intense se profilaient au-dessus du bois qui s'étendait au-delà du jardin des statues. Il fallait attendre une bonne heure avant que l'ami de Max ne passe les prendre. Elle revint se glisser dans son lit et, tout en sachant qu'elle ne parviendrait pas à se rendormir, elle ferma les yeux et écouta le bruit lointain des vagues sur la plage.

Une heure plus tard, Max frappa doucement à sa porte.

Elle descendit l'escalier sur la pointe des pieds. Max et son ami attendaient sous le porche. Avant de sortir, elle s'arrêta une seconde dans l'entrée et écouta les voix des deux garçons qui bavardaient. Elle respira profondément et ouvrit.

Max, adossé à la rampe du porche, se retourna et lui sourit. À côté de lui se tenait un garçon très bronzé, les cheveux couleur paille, qui mesurait plusieurs centimètres de plus que Max.

— Voici Roland, intervint Max. Roland, voici ma sœur Alicia.

Roland salua cordialement et détourna les yeux vers les bicyclettes, mais Max eut le temps de voir le jeu des regards échangés en quelques dixièmes de seconde entre son ami et sa sœur. Il sourit pour lui-même et pensa que ce serait probablement plus amusant qu'il ne l'avait prévu.

— Comment va-t-on faire ? demanda Alicia. Il n'y a que deux bicyclettes.

— Roland peut te prendre sur la sienne, suggéra Max. N'est-ce pas, Roland ?

Roland fixa résolument le sol.

— Oui, bien sûr, murmura-t-il. Mais dans ce cas, c'est toi qui porteras les équipements.

À l'aide d'un sandow, Max fixa sur son porte-bagages le matériel de plongée apporté par Roland. Il savait qu'il y avait une autre bicyclette dans le garage, mais l'idée que Roland transporte sa sœur lui plaisait. Alicia s'assit en amazone sur la barre du cadre et s'accrocha au cou de Roland. Max remarqua que, sous la peau tannée par le soleil, Roland luttait sans succès pour ne pas rougir.

— Je suis prête, dit Alicia. J'espère que je ne suis pas trop lourde.

— En route, conclut Max qui se lança en pédalant sur le chemin de la plage, suivi de Roland et d'Alicia.

Peu de temps après, Roland passa en tête et, une fois de plus, Max dut accélérer pour ne pas rester en arrière.

— Ça va ? demanda Roland à Alicia.

Celle-ci acquiesça et regarda la maison de la plage se perdre dans le lointain.

La plage de l'extrême sud, de l'autre côté du port, formait une demi-lune vaste et désolée. Ce n'était pas une plage de sable : elle était couverte de petits galets polis par la mer et parsemée de coquilles et de débris apportés par la houle et la marée, et desséchés par le soleil. Derrière elle s'élevait un mur de falaises escarpées, presque verticales, en haut desquelles, sombre et solitaire, se dressait la tour du phare.

— C'est le phare de mon grand-père, indiqua Roland pendant qu'ils laissaient les bicyclettes à l'orée d'un des chemins qui descendaient entre les rochers jusqu'à la plage.

— Vous vivez là tous les deux ? questionna Alicia.

— Plus ou moins. Avec le temps, je me suis construit une petite cabane un peu plus bas, sur la plage, et on peut dire que c'est pratiquement ma maison.

— Ta propre cabane ? s'enquit Alicia en la cherchant des yeux.

— D'ici, tu ne la verras pas. En réalité, c'est une ancienne remise de pêcheurs abandonnée. Je l'ai arrangée et, aujourd'hui, elle n'est pas mal. Tu jugeras par toi-même.

Roland les guida jusqu'à la plage et, une fois arrivé, il ôta ses sandales. Le soleil montait dans le ciel et la mer brillait comme de l'argent en fusion. La plage était déserte et une brise chargée de sel soufflait de l'océan.

— Faites attention à ces cailloux. J'y suis habitué, mais il est facile de tomber quand on ne les connaît pas.

Alicia et son frère le suivirent à travers la plage jusqu'à sa cabane. Elle était en bois, peinte en bleu et rouge. Elle avait un petit auvent et Max remarqua une lanterne rouillée qui pendait au bout d'une chaîne.

— Ça vient du bateau, précisa Roland. J'ai remonté un tas de choses du fond et je les ai apportées dans la cabane. Comment vous la trouvez ?

— C'est fantastique, s'exclama Alicia. Tu dors ici ?

— Parfois, surtout en été. L'hiver, il y fait froid, et puis je n'aime pas laisser le grand-père seul là-haut.

Il ouvrit la porte et s'effaça pour laisser entrer Alicia et Max.

— Bienvenue au palais.

L'intérieur ressemblait à un de ces vieux bazars d'antiquités marines. Le butin que le garçon avait arraché à la mer pendant des années luisait dans la pénombre comme dans un musée de mystérieux trésors de légende.

— Ce ne sont que des bricoles, dit-il, mais je les collectionne. Peut-être qu'aujourd'hui nous remonterons quelque chose.

Le reste se composait d'une vieille armoire, d'une table, de quelques chaises et d'une couchette au-dessus de laquelle étaient fixées des étagères supportant des livres et une lampe à huile.

— J'aimerais bien avoir une maison comme celle-là, murmura Max.

Roland sourit, sceptique.

— Nous acceptons toute proposition, plaisanta-t-il, visiblement fier de l'impression produite par sa cabane sur ses amis. Bon, maintenant, à l'eau.

Ils lui emboîtèrent le pas jusqu'au bord de la mer. Une fois là, Roland défit le sac contenant les équipements de plongée.

— Le bateau est à vingt-cinq ou trente mètres du rivage. L'eau est plus profonde qu'elle ne le paraît : à trois mètres, on n'a déjà plus pied. La coque est à environ dix mètres de profondeur, expliqua-t-il.

Alicia et Max échangèrent un regard qui parlait de lui-même.

— Oui, la première fois, il vaut mieux ne pas essayer de descendre. Parfois, quand vient une lame de fond, des courants se forment et ça peut devenir dangereux. Un jour, j'ai eu mortellement peur.

Roland tendit des lunettes et des palmes à Max.

— Bien. Il n'y a qu'un équipement pour deux. Qui descend le premier ?

Alicia tendit l'index vers Max.

— Merci, murmura celui-ci.

— Ne t'inquiète pas, Max, le rassura Roland. Le tout est de commencer. La première fois que j'ai plongé, j'ai paniqué pour presque rien. Il y avait une énorme murène dans une des cheminées.

Max sursauta.

— Une quoi ?

— Rien. Je plaisante. Il n'y a pas de bestioles, en bas. Je te le promets. C'est étonnant, parce que, normalement, les bateaux naufragés sont de vrais parcs zoologiques. Mais celui-là, non. Il ne plaît pas aux poissons, je suppose. Dis-moi : tu ne vas pas avoir peur, hein ?

— Peur ? dit Max. Moi ?

Tout occupé qu'il était à mettre ses palmes, Max n'en observa pas moins la manière dont Roland se livrait à une radioscopie très poussée de sa sœur pendant qu'elle ôtait sa robe de coton pour rester en costume de bain blanc, le seul qu'elle possédait. Elle entra dans la mer jusqu'aux genoux.

— Dis donc, chuchota-t-il, c'est ma sœur, pas un gâteau à la crème. D'accord ?

Roland lui adressa un regard complice.

— C'est toi qui l'as amenée, pas moi, répondit-il avec un sourire de chat devant un bol de lait.

— À l'eau, trancha Max. Ça te remettra les idées en place.

Alicia se retourna et, d'un air moqueur, détailla leur équipement de scaphandriers.

— Si vous voyiez vos têtes ! leur dit-elle sans pouvoir réprimer un éclat de rire.

Max et Roland se regardèrent à travers leurs lunettes de plongée.

— Une dernière chose, précisa Max. Je n'ai encore jamais fait ça. Je veux dire plonger. J'ai nagé dans des piscines, mais je ne suis pas sûr que je saurai...

Roland leva les yeux au ciel.

— ... que tu sauras respirer sous l'eau ?

— J'ai dit que je ne savais pas plonger, pas que j'étais idiot.

— Si tu sais retenir ta respiration, tu sais plonger.

— Vas-y prudemment, lui demanda Alicia. Dis-moi, Max, tu es sûr que c'est une bonne idée ?

— Tout ira bien, assura Roland, et il se tourna vers Max pour lui taper sur l'épaule. À vous l'honneur, capitaine Nemo.

Max plongea pour la première fois de sa vie sous la surface de la mer et découvrit, ébloui, un univers de lumière et d'ombre qui dépassait tout ce qu'il avait pu imaginer. Sous l'eau, les rayons de soleil formaient des rideaux de brouillard lumineux qui ondoyaient lentement, et la surface était devenue un miroir opaque et dansant. Il retint sa respiration plusieurs secondes, puis ressortit la tête à l'air libre. Roland, à quelques mètres de lui, le surveillait attentivement.

— Tout va bien ?

Max, enthousiasmé, fit signe que oui.

— Tu vois ? C'est facile. Nage à côté de moi, recommanda Roland en replongeant.

Max jeta un dernier regard sur le rivage et vit Alicia le saluer en souriant. Il lui rendit son salut et s'empressa de nager près de son camarade, en se dirigeant vers le large. Roland le guida jusqu'à un point d'où le rivage semblait déjà lointain, même si Max savait qu'il n'était qu'à une trentaine de mètres. Au ras de l'eau, les distances s'allongeaient. Roland lui toucha le bras et désigna le fond. Max fit provision d'air et enfonça la tête dans l'eau, en ajustant les élastiques de ses lunettes. Ses yeux mirent quelques secondes à s'habituer à la faible lumière sous-marine. Alors seulement il put admirer le spectacle de la coque engloutie, couchée sur le côté et nimbée d'une clarté magique et spectrale. Le navire devait mesurer environ cinquante mètres, peut-être plus. Une profonde brèche béait de la proue à la cale arrière. La voie d'eau ouverte dans la coque ressemblait à une blessure noire et sans fond infligée par des griffes de pierre aiguisées. Sur la proue, sous une couche cuivrée de rouille et d'algues, on pouvait lire le nom du bateau : *Orpheus*.

À bien l'examiner, l'*Orpheus* semblait avoir été en son temps un vieux cargo et non un transport de passagers. L'acier fissuré de la coque était semé de petites algues, mais, comme l'avait annoncé Roland, on ne voyait aucun poisson. Depuis la surface, les deux amis parcoururent la coque, en s'arrêtant tous les six ou sept mètres pour inspecter en détail les restes du naufrage. Roland avait précisé que le bateau se trouvait à environ dix mètres de profondeur, pourtant, d'en haut, cette distance parut infinie à Max. Il se demanda comment

Roland s'était débrouillé pour récupérer tous ces objets qu'ils avaient aperçus dans la cabane. Comme s'il avait lu dans ses pensées, son ami lui fit signe de l'attendre à la surface avant de s'enfoncer avec de puissants battements de palmes.

Max observa Roland qui descendait jusqu'à toucher du doigt la coque de l'*Orpheus*. Une fois là, en s'accrochant soigneusement aux aspérités du bateau, son ami rampa jusqu'à la plate-forme qui, en son temps, avait dû être la passerelle de commandement. De là où il était, Max pouvait distinguer, à l'intérieur, la roue de la barre et d'autres instruments. Roland nagea jusqu'à la porte de la passerelle qui était enfoncée. Max éprouva une bouffée d'inquiétude quand son ami disparut dans le bateau naufragé. Tandis que Roland nageait à l'intérieur du poste de commandement, il ne quittait pas la porte des yeux, tout en se demandant ce qu'il pourrait faire s'il arrivait quoi que ce soit. Quelques secondes plus tard, Roland ressortit et remonta rapidement vers lui, semant sous ses palmes une guirlande de bulles. Max sortit la tête de l'eau et respira profondément. Le visage de Roland émergea à un mètre du sien, avec un sourire qui allait d'une oreille à l'autre.

— Une surprise ! s'exclama-t-il.

Max constata qu'il tenait quelque chose à la main.

— Qu'est-ce que c'est ? s'enquit-il en désignant l'étrange objet métallique que Roland avait rapporté de la passerelle.

— Un sextant.

Max écarquilla les yeux. Il n'avait pas la moindre idée de ce dont parlait son ami.

— Un sextant est un machin dont on se sert en mer

pour calculer sa position, expliqua ce dernier, d'une voix entrecoupée après l'effort qu'il avait dû faire pour retenir sa respiration durant presque une minute. Je vais redescendre. Garde-le en attendant.

Max voulut articuler une protestation, mais Roland avait déjà replongé sans même lui donner le temps d'ouvrir la bouche. Il inspira profondément et remit sa tête sous l'eau pour suivre des yeux la descente de son ami. Cette fois, celui-ci nagea le long de la coque pour atteindre la poupe du bateau. Max battit des palmes pour accompagner sa trajectoire. Il vit Roland s'approcher d'un hublot et tenter de regarder à l'intérieur. Il contint sa respiration jusqu'à ce que ses poumons le brûlent puis expulsa tout l'air, prêt à ressortir la tête pour respirer.

Pourtant, dans cette dernière seconde, ses yeux découvrirent une vision qui lui glaça les sangs. Dans les ténèbres sous-marines, un vieux pavillon pourri et déchiqueté ondoyait, accroché à un mât à l'arrière de l'*Orpheus.* Il l'observa intensément et reconnut le symbole presque effacé que l'on pouvait encore y distinguer : une étoile à six branches dans un cercle. Un frisson parcourut tout son corps. Il avait vu cette étoile sur la grille du jardin des statues.

Le sextant de Roland lui échappa des mains et s'enfonça dans l'obscurité. En proie à une peur indéfinissable, Max nagea de toutes ses forces vers le rivage.

Une demi-heure plus tard, assis à l'ombre de l'auvent de la cabane, Roland et Max observaient Alicia qui ramassait des coquillages parmi les galets du rivage.

— Max, tu es sûr d'avoir déjà vu ce symbole ?

Max confirma.

— Parfois, sous l'eau, les choses prennent l'aspect de ce qu'elles ne sont pas, commença Roland.

— Je sais que je l'ai vu. Tu me crois ?

— Je te crois. Tu as vu un symbole qui, d'après toi, se trouve aussi dans une espèce de cimetière situé derrière votre maison. Et alors ?

Max se leva et fit face à son ami.

— Et alors ? Tu veux que je te répète encore toute l'histoire ?

Il avait employé les vingt-cinq dernières minutes à expliquer à Roland tout ce qu'il avait vu dans le jardin des statues, ainsi que sur le film de Jacob Fleischmann.

— Ce n'est pas nécessaire, rétorqua sèchement Roland.

— Alors, comment peux-tu ne pas me croire ? Tu penses que j'ai tout inventé ?

— Je n'ai pas dit que je ne te croyais pas, Max, dit Roland en adressant un léger sourire à Alicia qui revenait du rivage avec un petit sac plein de coquillages Tu es contente de ta cueillette ?

— Cette plage est un musée, répondit Alicia en faisant tinter le contenu du sac.

Max, impatient, prit un air exaspéré.

— Donc, tu me crois ? coupa-t-il en plantant son regard dans celui de Roland.

Son ami lui rendit son regard et resta quelques instants silencieux.

— Je te crois, Max, murmura-t-il en reportant les yeux sur l'horizon, sans pouvoir dissimuler l'ombre de tristesse qui passait sur sa figure.

Alicia perçut ce changement d'expression.

— Max dit que ton grand-père était sur ce bateau la nuit du naufrage, dit-elle en posant une main sur l'épaule du garçon. C'est vrai ?

Roland eut un vague geste d'acquiescement.

— Il a été le seul survivant.

— Que s'est-il passé ? questionna Alicia. Pardonne-moi. Tu n'as peut-être pas envie d'en parler.

Roland fit un signe de dénégation et sourit à la sœur et au frère.

— Non, ça ne me gêne pas. (Max le dévisageait, dans l'attente, lèvres entrouvertes.) Et n'imagine pas que je ne crois pas à ton histoire, Max. En fait, ce n'est pas la première fois que quelqu'un me parle de ce symbole.

— Qui d'autre l'a vu ? Qui t'en a parlé ?

Roland sourit.

— Mon grand-père. Depuis mon enfance. (Il indiqua l'intérieur de la cabane.) Ça commence à fraîchir. Entrons, je vous expliquerai l'histoire de ce bateau.

Au début, Irina crut entendre la voix de sa mère au rez-de-chaussée. Andrea Carver parlait souvent seule quand elle déambulait dans la maison et qu'aucun membre de la famille n'était là pour surprendre cette habitude maternelle de penser à haute voix. Une seconde plus tard, cependant, Irina vit par la fenêtre sa mère dire au revoir à Maximilian Carver, qui partait pour le village accompagné d'un des hommes qui les avaient aidés à transporter les bagages depuis la gare. Irina comprit que, dans ces conditions, la voix qu'elle avait cru entendre était une illusion. Jusqu'au moment où elle l'entendit de nouveau, cette fois dans la chambre même, comme un chuchotement qui traversait les cloisons.

La voix semblait venir de l'armoire et ressemblait à un murmure lointain dont il était impossible de discerner les paroles. Pour la première fois depuis son arrivée dans la maison de la plage, Irina eut peur. Elle fixa la porte sombre de l'armoire fermée et constata qu'il y avait une clef dans la serrure. Sans plus réfléchir, elle courut vers le meuble et tourna hâtivement la clef, afin de boucler la porte à double tour. Elle recula de quelques mètres et respira profondément. À ce moment, elle entendit de nouveau la voix et comprit qu'il n'y en avait pas une seule, mais plusieurs, qui chuchotaient en même temps.

— Irina ? appela sa mère du rez-de-chaussée.

La voix rassurante d'Andrea Carver la tira de l'angoisse qui la submergeait. Une sensation de calme l'envahit.

— Irina, si tu es en haut, descends m'aider un moment.

Jamais, depuis des mois, Irina n'avait eu autant envie d'aider sa mère, quelle que soit la tâche qui l'attendait. Elle s'apprêtait à dévaler l'escalier quand elle sentit un souffle glacé traverser la pièce et lui caresser le visage. Puis la porte de la chambre se ferma d'un coup. Elle courut vers elle et se battit avec la poignée, apparemment bloquée. Tout en luttant inutilement pour l'ouvrir, elle entendit derrière elle la clef de l'armoire tourner lentement sur elle-même, tandis que les voix, qui paraissaient provenir du plus profond de la maison, riaient.

— Quand j'étais enfant, expliqua Roland, mon grand-père m'a si souvent raconté cette histoire que, des années durant, j'en ai rêvé. Tout a commencé quand je suis venu vivre dans ce village, il y a très, très longtemps, après avoir perdu mes parents dans un accident de voiture.

— J'en suis désolée, Roland, l'interrompit Alicia, qui devinait que, malgré le gentil sourire de leur ami et le fait qu'il ait accepté de raconter l'histoire de son grand-père et du bateau, remuer ces souvenirs s'avérait plus difficile qu'il ne voulait le laisser paraître.

— J'étais très petit. Je ne me souviens pratiquement pas d'eux, dit-il en évitant le regard d'Alicia, que ce mensonge ne pouvait leurrer.

— Que s'est-il passé, alors ? insista Max.

Alicia le foudroya du regard.

— Le grand-père m'a pris en charge et m'a installé chez lui, dans la maison du phare. Il était ingénieur et ça faisait des années qu'il était le gardien du phare de cette partie de la côte. La municipalité lui avait concédé ce poste à vie, depuis que lui-même avait construit ce phare, pratiquement de ses mains, en 1919. Vous verrez, c'est une curieuse histoire.

» Le 23 juin 1918, dans le port de Southampton, mon grand-père a embarqué incognito à bord de l'*Orpheus*. L'*Orpheus* n'était pas un navire de passagers, mais un cargo de réputation douteuse. Son capitaine était un Hollandais ivrogne et corrompu jusqu'à la moelle qui le louait au plus offrant. Ses clients favoris étaient ordinairement les contrebandiers qui voulaient traverser la Manche. La réputation de l'*Orpheus* était telle que même les destroyers allemands le reconnaissaient et, par pitié, ne l'envoyaient pas par le fond quand ils tombaient dessus. Quoi qu'il en soit, vers la fin de la guerre, les affaires ont commencé à faiblir, et le Hollandais volant, comme l'appelait mon grand-père, dut chercher d'autres moyens encore plus troubles pour payer les dettes de jeu qu'il avait accumulées dans les derniers mois. Lors d'une de ses nuits de déveine, qui étaient les plus fréquentes, le capitaine a perdu jusqu'à sa chemise dans une partie contre un certain Mister Caïn. Ce Mister Caïn était le directeur d'un cirque ambulant. En paiement, Mister Caïn exigea du Hollandais qu'il embarque sa troupe de cirque et lui fasse passer clandestinement la Manche. Mais le prétendu cirque de Mister Caïn cachait autre chose que de simples baraques de foire, et il était pressé de disparaître le plus vite possible et, bien entendu, illégalement. Le Hollandais accepta. Il n'avait plus le choix. Ou il obtempérait, ou il perdait directement son bateau.

— Un instant, l'interrompit Max. Qu'est-ce que ton grand-père avait à voir dans tout ça ?

— J'y viens. Comme je l'ai dit, le dénommé Mister Caïn, ce qui n'était évidemment pas son vrai nom, cachait beaucoup de choses. Mon grand-père était sur ses traces depuis très longtemps. Il avait un compte à régler et il pensait que si Mister Caïn et ses acolytes passaient de l'autre côté de la Manche, ses possibilités de leur mettre la main au collet s'évaporeraient à jamais.

— C'est pour ça qu'il a embarqué sur l'*Orpheus* comme passager clandestin ?

Roland confirma.

— Il y a quelque chose que je ne comprends pas, dit Alicia. Pourquoi n'a-t-il pas avisé la police ? Il était ingénieur, pas gendarme. Quel genre de compte avait-il à régler avec ce Mister Caïn ?

— Est-ce que je peux terminer mon histoire ?

Max et sa sœur acquiescèrent d'une seule voix.

— Merci. Donc, il s'est embarqué. L'*Orpheus* a appareillé à midi et espérait atteindre sa destination à la fin de la nuit, quand les choses se sont compliquées. Une tempête s'est déchaînée après minuit et a drossé le bateau à la côte. L'*Orpheus* a percuté les rochers de la falaise et a sombré en quelques minutes. Mon grand-père a eu la vie sauve parce qu'il s'était caché dans un canot de sauvetage. Les autres se sont noyés.

Max avala sa salive.

— Tu veux dire que les corps sont toujours en bas ?

— Non. Au matin, un brouillard s'est répandu sur la côte pendant des heures. Les pêcheurs locaux ont trouvé mon grand-père inconscient sur la plage où nous sommes. Quand le brouillard s'est dissipé, plusieurs barques de pêche ont ratissé la zone du naufrage. On n'a jamais retrouvé aucun corps.

— Mais alors... l'interrompit encore Max à voix basse.

D'un geste, Roland lui fit signe de le laisser poursuivre.

— On a conduit mon grand-père à l'hôpital du village, et il a déliré pendant des jours. Une fois remis, il a décidé qu'en signe de gratitude pour la façon dont il avait été traité il construirait un phare en haut de la falaise, pour éviter que ne se reproduise une telle tragédie. Avec le temps, il s'est fait lui-même le gardien du phare.

Après ce récit, les trois amis gardèrent le silence pendant presque une minute. Finalement, Roland échangea un regard avec Alicia, puis avec Max.

— Roland, dit ce dernier en veillant à ne pas employer des mots qui pourraient blesser son ami, quelque chose ne colle pas, dans cette histoire. Je crois que ton grand-père ne t'a pas tout dit.

Roland resta quelques instants sans parler. Puis ses lèvres esquissèrent un faible sourire. Il regarda ses amis et, très lentement, hocha la tête affirmativement à plusieurs reprises.

— Je sais, murmura-t-il. Je sais.

Les mains tuméfiées à force d'essayer de tourner la poignée, à bout de souffle, Irina se retourna et, avec le dos, tenta d'enfoncer la porte de la chambre. Ce faisant, elle ne put éviter de river ses yeux sur la clef qui tournait dans la serrure de l'armoire.

Finalement, la clef cessa de tourner et, poussée par des doigts invisibles, tomba. Très lentement, la porte de l'armoire commença de s'ouvrir. Irina voulut crier, mais elle sentit que l'air lui manquait pour articuler ne fût-ce qu'un murmure.

De la pénombre de l'armoire émergèrent deux yeux luisants et familiers. Elle soupira. C'était son chat. Elle avait eu l'impression qu'à une seconde près son cœur allait arrêter de battre sous le coup de la panique.

Elle s'agenouilla pour prendre le félin dans ses bras, quand elle s'aperçut que derrière lui, dans le fond de l'armoire, il y avait quelqu'un d'autre. Le chat découvrit ses crocs et émit un sifflement grave et violent, comme celui d'un serpent, pour se fondre à nouveau dans l'obscurité où se tenait son maître. Un sourire de lumière s'alluma dans les ténèbres et deux yeux incandescents comme de l'or en fusion se posèrent sur ceux d'Irina pendant que les voix, toutes ensemble, prononçaient son nom. La fillette hurla de toutes ses forces et se jeta contre la porte, qui céda sous sa poussée. Irina tomba sur le plancher du couloir. Sans perdre un instant, sentant le souffle glacé de ces voix sur sa nuque, elle se jeta du haut de l'escalier.

En une fraction de seconde, Andrea Carver, pétrifiée, vit sa fille sauter, le visage enflammé par la panique. Elle cria son nom, mais il était trop tard. La petite fille roula comme un poids mort jusqu'à la dernière marche. Andrea Carver se précipita sur l'enfant et prit sa tête entre ses bras. Une larme de sang coulait sur son front. Elle lui tâta le cou et sentit un faible battement. Luttant contre l'hystérie, elle releva le corps de sa fille et tâcha de se concentrer sur la conduite à tenir.

Pendant que les cinq pires secondes de sa vie défilaient devant elle avec une lenteur infinie, Andrea Carver leva les yeux. Du haut de la plus haute marche de l'escalier, le chat d'Irina la scrutait intensément. Elle soutint le regard cruel et moqueur de l'animal durant une fraction de seconde, puis, sentant le corps de sa fille bouger, elle réagit et courut jusqu'au téléphone.

7.

Lorsque Max, Alicia et Roland arrivèrent à la maison de la plage, la voiture du médecin était encore là. Roland adressa à Max un regard interrogateur. Alicia sauta de la bicyclette et courut vers l'entrée, consciente qu'il était arrivé quelque chose. Maximilian Carver, les yeux vitreux et le visage blême, les reçut devant la porte.

— Que s'est-il passé ? murmura Alicia.

Son père la serra contre lui. Elle laissa les bras de Maximilian Carver l'entourer et perçut le tremblement de ses mains.

— Irina a eu un accident. Elle est dans le coma. Nous attendons l'ambulance qui l'emmènera à l'hôpital.

— Et maman ? gémit Alicia.

— Elle est à l'intérieur. Avec Irina et le docteur. Ici, on ne peut rien faire de plus, répondit l'horloger d'une voix atone, épuisée.

Roland, muet et immobile devant le porche, avala sa salive.

— Elle va se remettre ? demanda Max tout en songeant que la question, dans de telles circonstances, était stupide.

— On ne sait pas, chuchota Maximilian Carver, qui tenta inutilement de leur sourire et rentra dans la maison. Je vais voir si ta mère a besoin de quelque chose.

Les trois amis restèrent cloués sous le porche, silencieux comme des tombes. Au bout de quelques secondes, Roland brisa le silence.

— Je suis désolé…

Alicia acquiesça. Peu après, l'ambulance apparut sur le chemin. Le médecin sortit pour l'accueillir. En un rien de temps, les deux infirmiers pénétrèrent dans la maison et en ressortirent avec Irina sur un brancard, enveloppée dans une couverture. Max capta au vol la vision de la peau blanche comme de la craie de sa petite sœur et reçut comme un coup en plein estomac. Andrea Carver, le visage crispé, les yeux gonflés et rougis, monta dans l'ambulance et lança un dernier regard désespéré à Alicia et à Max. Les ambulanciers coururent prendre leurs places. Maximilian Carver rejoignit le frère et la sœur.

— Ça ne me plaît pas que vous restiez seuls. Il y a un petit hôtel au village : peut-être que…

— Il ne nous arrivera rien, papa. Ce n'est pas le moment de t'inquiéter pour ça, répondit Alicia.

— J'appellerai de l'hôpital et je vous donnerai le numéro. Je ne sais pas combien de temps nous devrons rester. Je ne sais pas s'il y a quelque chose qui…

— Pars, papa, trancha Alicia en embrassant son père. Tout ira bien.

Maximilian Carver esquissa un sourire à travers ses larmes et grimpa dans l'ambulance. Les trois amis regardèrent en silence les feux du véhicule se perdre au bout du chemin pendant que les ultimes rayons du soleil s'étiolaient au-dessus du manteau pourpre du crépuscule.

— Tout ira bien, répéta Alicia pour elle-même.

Une fois qu'ils se furent procuré des vêtements secs (Alicia prêta à Roland un vieux pantalon et une chemise de son père), l'attente des premières nouvelles se fit interminable. Les lunes souriantes du cadran de la montre de Max indiquaient quelques minutes avant onze heures du soir quand le téléphone sonna. Alicia, qui était assise entre Roland et Max sur les marches du porche, se leva d'un bond et courut à l'intérieur. Le téléphone n'avait pas encore terminé sa seconde sonnerie qu'elle avait déjà décroché le combiné en regardant Max et Roland, qui approuvèrent.

— D'accord, dit-elle après plusieurs secondes. Comment va maman ?

Max entendait le murmure de la voix de son père dans le téléphone.

— Ne t'inquiète pas, dit Alicia. Non. Nous n'avons besoin de rien. Oui, nous allons bien. Rappelle demain.

Elle observa une pause et acquiesça.

— Je le ferai, promit-elle. Bonne nuit, papa.

Elle raccrocha et se tourna vers son frère.

— Irina est en observation, expliqua-t-elle. Les médecins disent qu'elle souffre d'une commotion, mais elle est toujours dans le coma. Ils assurent qu'elle guérira.

— Tu es certaine qu'ils ont dit ça ? répliqua Max. Et maman ?

— Imagine. Pour le moment, ils passeront la nuit là-bas. Maman ne veut pas aller à l'hôtel. Ils rappelleront demain matin à dix heures.

— Et maintenant, qu'est-ce qu'on fait ? demanda timidement Roland.

Alicia haussa les épaules et tenta de dessiner un sourire rassurant sur son visage.

— Est-ce que vous avez faim ? demanda-t-elle aux deux garçons.

Max fut surpris de découvrir qu'il était affamé. Alicia soupira et esquissa un sourire las.

— Je crois que ça nous ferait du bien à tous les trois de manger quelque chose, conclut-elle. Quelqu'un vote contre ?

En quelques minutes, Max prépara des sandwichs pendant qu'Alicia pressait des citrons.

Les trois amis dînèrent sur les marches du porche, sous la faible lumière de la lanterne jaune qui se balançait dans la brise du soir au milieu d'un nuage dansant de petits papillons de nuit. En face d'eux, la pleine lune montait sur l'océan et donnait à la surface de l'eau l'apparence d'un lac infini de métal incandescent.

Ils mangèrent silencieusement en écoutant le chuchotement des vagues. Quand ils furent venus à bout des sandwichs et de la citronnade, ils échangèrent un coup d'œil.

— Je ne crois pas que je fermerai l'œil de la nuit, dit Alicia en se levant et en scrutant l'horizon lumineux sur la mer.

— Aucun de nous ne le pourra, confirma Max.

— J'ai une idée, lança Roland, un sourire malicieux aux lèvres. Est-ce que vous vous êtes déjà baignés la nuit ?

— C'est une plaisanterie ? réagit Max.

Sans dire mot, Alicia, les yeux brillants et énigmatiques, regarda les deux garçons puis se dirigea tranquillement vers la plage. Max, stupéfait, vit sa sœur marcher sur le sable et, sans se retourner, se défaire de sa robe de coton blanc.

Elle s'arrêta quelques instants au bord du rivage, la peau pâle et luisante sous la clarté évanescente et bleutée de la lune, puis, lentement, son corps entra dans cette immense tache de lumière.

— Tu ne viens pas, Max ? dit Roland en suivant les pas d'Alicia sur le sable.

Max refusa d'un geste et, observant son ami qui se précipitait dans la mer, il entendit les rires de sa sœur dans le murmure des vagues.

Il resta là, muet, en se demandant si ce courant électrique palpable qui semblait vibrer entre Roland et sa sœur, un lien qu'il était incapable de définir et auquel il se sentait étranger, l'attristait ou non. En les voyant jouer dans l'eau, il devina, probablement avant qu'eux-mêmes ne le comprennent, que se nouait entre eux deux un lien étroit qui allait unir irrésistiblement leurs destinées durant cet été.

En pensant à cela, lui revinrent à l'esprit les ombres de la guerre qui se livrait à la fois si près et si loin de cette plage, une guerre sans visage qui allait très vite réclamer son ami Roland et, plus tard peut-être, lui-même. Il songea aussi à tout ce qui s'était passé au cours de cette longue journée, la vision fantasmagorique de l'*Orpheus* sous les eaux, le récit de Roland dans la cabane de la plage, et l'accident d'Irina. Loin des rires d'Alicia et de Roland, une profonde inquiétude l'envahit tout entier. Pour la première fois de sa vie, il sentait que le temps coulait plus vite qu'il ne le voulait et qu'il ne pourrait plus se réfugier dans les rêves des années précédentes. La roue de la fortune avait commencé à tourner et, cette fois, ce n'était pas lui qui avait jeté les dés.

Plus tard, à la lueur d'un feu improvisé sur le sable, Alicia, Roland et Max parlèrent enfin de ce qui ne cessait de les préoccuper depuis des heures. La lumière dorée du feu se reflétait sur les visages humides et brillants d'Alicia et de Roland. Max les observa attentivement et se décida à parler.

— Je ne sais comment l'expliquer, mais je crois que quelque chose est en train de se passer. J'ignore ce que c'est, mais les coïncidences sont trop nombreuses. Les statues, le symbole, le bateau…

Il espérait que les deux autres le contrediraient ou trouveraient les paroles de bon sens susceptibles de le rassurer et de lui montrer que ses inquiétudes n'étaient que le produit d'une journée trop longue où s'étaient succédé trop d'événements qu'il avait pris trop au sérieux. Alicia et Roland acquiescèrent en silence sans détourner les yeux du feu.

— Tu as bien rêvé de ce clown, n'est-ce pas ? demanda-t-il.

Alicia fit signe que oui.

— Il y a quelque chose que je ne vous ai pas dit, poursuivit Max. La nuit dernière, pendant que vous dormiez tous, je suis retourné voir le film que Jacob Fleischmann a tourné dans le jardin des statues. J'étais déjà allé dans ce jardin le matin même. Les statues étaient dans une autre position, je ne sais pas comment dire… c'est comme si on les avait déplacées. Ce que j'ai vu ne correspond pas à ce que montrait le film.

Alicia regarda Roland qui contemplait, fasciné, la danse des flammes.

— Roland, tu n'as jamais parlé de tout ça à ton grand-père ?

Le garçon parut ne pas avoir entendu la question. Alicia posa la main sur la sienne et il leva les yeux.

— J'ai rêvé de ce clown tous les étés depuis l'âge de cinq ans, dit-il dans un filet de voix.

Max lut de la peur sur le visage de son ami.

— Je crois que nous devrions parler avec ton grand-père, dit-il.

Roland acquiesça faiblement, avant de promettre d'une voix presque inaudible :

— Demain… Oui, demain.

8.

Peu avant le lever du jour, Roland enfourcha sa bicyclette et reprit le chemin du phare. Pendant qu'il pédalait sur la route de la plage, une pâle clarté ambrée commençait de teindre une voûte de nuages bas. Son esprit brûlait d'inquiétude et d'excitation. Il accéléra jusqu'à la limite de ses forces, dans le vain espoir qu'en s'infligeant ainsi une punition physique il mettrait fin aux milliers d'interrogations et de craintes qui le frappaient intérieurement.

Une fois contournée la baie du port, et après s'être dirigé vers le chemin qui grimpait au phare, il s'arrêta pour souffler. En haut des falaises, le faisceau du phare récoltait les dernières ombres de la nuit comme une cuillère de feu à travers la brume. Il savait que son grand-père restait toujours là-haut, attendant en silence que l'obscurité se soit totalement évanouie devant la lumière de l'aube. Des années durant, Roland avait accepté cette obsession malsaine du vieil homme sans le questionner sur la raison ni la logique de sa conduite. C'était simplement quelque chose qu'il avait assimilé dès son plus jeune âge, un aspect de plus de sa vie quotidienne auquel il avait appris à ne pas accorder d'importance.

Pourtant, avec le temps, Roland avait fini par prendre conscience que l'histoire racontée par le vieil homme faisait eau de partout. Mais jamais, jusqu'à ce jour, il n'avait à ce point compris que son grand-père lui avait menti ou, tout au moins, ne lui avait pas conté l'entière vérité. Pas un instant il ne doutait de l'honnêteté du vieil homme. De fait, au fil des ans, celui-ci lui avait dévoilé, bribe après bribe, les pièces de cet étrange puzzle dont le centre apparaissait aujourd'hui dans toute sa clarté : le jardin des statues. Certaines fois, par des paroles prononcées dans son sommeil ; d'autres, les plus nombreuses, par des réponses incomplètes aux questions que lui posait son petit-fils. Roland pressentait que si son grand-père l'avait tenu à l'écart de son secret, c'était pour le protéger. À présent cet état de grâce paraissait toucher à sa fin, et il fallait bien admettre que l'heure d'affronter la vérité approchait.

Il se remit en selle en tentant de chasser un moment ce sujet de ses pensées. Il était resté éveillé trop longtemps et son corps accusait la fatigue. Une fois arrivé à la maison du phare, il posa sa bicyclette contre la clôture et entra sans se donner la peine d'allumer. Il monta l'escalier jusqu'à sa chambre et se laissa tomber sur son lit comme un poids mort.

De sa fenêtre, il apercevait le phare qui se dressait à une trentaine de mètres de la maison et, se découpant derrière la verrière de la galerie supérieure, la silhouette immobile du grand-père. Il ferma les yeux et tenta de trouver le sommeil.

Les événements de la journée défilèrent dans sa tête, de la plongée sur l'*Orpheus* à l'accident de la petite sœur de ses amis. Il se dit qu'il était étrange, mais aussi réconfortant, de voir à quel point quelques heures à peine passées ensemble les avaient unis. En repensant maintenant, dans la solitude de sa chambre, au frère et à la sœur, il avait l'impression qu'ils étaient déjà devenus ses amis les plus intimes, les deux camarades avec lesquels il pouvait partager tous ses secrets et toutes ses inquiétudes.

Le seul fait de songer à eux lui procurait une sensation de sécurité et d'amitié. En même temps, il ressentait une fidélité et une gratitude profondes pour ce pacte invisible qui les avait soudés cette nuit sur la plage.

Quand, finalement, la fatigue eut raison de cette excitation accumulée au fil de la journée, les dernières pensées de Roland, pendant qu'il sombrait dans un sommeil profond et réparateur, ne furent ni pour la mystérieuse incertitude qui planait sur eux ni pour la sombre perspective d'être appelé sous les drapeaux en octobre. Cette fois-là, Roland dormit paisiblement, bercé par une vision qui devait l'accompagner pour le temps qui lui restait à vivre : Alicia, tout juste vêtue de la clarté de la lune, immergeant sa peau blanche dans une mer de lumière argentée.

Le jour se leva sous une couche de nuages obscurs et menaçants qui s'étendaient au-delà de l'horizon et laissaient filtrer une lumière mourante et brumeuse évoquant une froide journée d'hiver. Les mains sur le garde-fou en métal du phare, Victor Kray observait la baie à ses pieds. Il songea que les années passées en ce lieu lui avaient appris à reconnaître l'étrange et mystérieuse beauté fanée de ces jours plombés et vêtus de tempête qui annonçaient l'éclosion de l'été sur la côte.

Vu du couronnement du phare, le village acquérait la curieuse apparence d'une maquette méticuleusement construite par un collectionneur. Au-delà, filant vers le nord, la plage s'étendait comme une ligne blanche sans fin. Aux jours d'intense soleil, de ce même endroit où Victor Kray guettait en ce moment les alentours, la coque de l'*Orpheus* était clairement discernable sous la mer, tel un énorme fossile mécanique échoué sur le sable.

Ce matin-là, cependant, la mer ondulait comme un lac obscur et sans fond. Tout en scrutant la surface impénétrable de l'océan, Victor Kray pensa aux vingt-cinq années qu'il avait passées dans ce phare par lui-même construit. En regardant derrière lui, il sentait chacune de ces années peser comme une lourde dalle sur ses épaules.

Avec le temps, l'angoisse secrète de cette interminable attente avait presque fini par le convaincre que tout cela n'avait été qu'une illusion, et que son obsession obstinée l'avait transformé en la sentinelle d'une menace qui n'avait existé que dans son imagination. Pourtant, une fois de plus, les rêves étaient revenus. Les fantômes du passé s'étaient réveillés de leurs longues années de léthargie et parcouraient de nouveau tous les détours de son esprit. Et avec eux était réapparue la peur d'être désormais trop vieux et trop faible pour affronter son ennemi de toujours.

Depuis des années, il ne dormait guère plus de deux ou trois heures par jour ; le reste de son temps, il le passait pratiquement seul dans le phare. Son petit-fils Roland avait l'habitude de dormir plusieurs fois par semaine dans sa cabane sur la plage, et il n'était pas rare que, des jours durant, ils ne passent que quelques minutes ensemble. Cet éloignement de son petit-fils auquel Victor Kray s'était volontairement condamné lui procurait au moins une certaine paix de l'esprit. Car il avait la certitude que la douleur de ne pouvoir partager ces années de la vie du jeune garçon était le prix qu'il devait payer pour la sécurité et le bonheur futurs de Roland.

Malgré tout, chaque fois que, du phare, il voyait le garçon plonger tout près de la coque de l'*Orpheus*, il sentait son sang se glacer. Il n'avait jamais voulu que Roland en ait conscience ; depuis son enfance, il avait répondu à ses questions sur le bateau et sur le passé en essayant de ne pas mentir et, en même temps, de ne pas lui révéler la véritable nature des faits. La veille, pendant qu'il le regardait avec ses deux nouveaux amis sur la plage, il s'était demandé si, finalement, ce n'avait pas été une grave erreur.

Ces pensées le maintinrent dans le phare plus longtemps qu'il n'avait l'habitude d'y rester le matin. En général, il retournait dans sa maison avant huit heures. Victor Kray jeta un coup d'œil à sa montre et constata qu'il était déjà plus de dix heures et demie. Il descendit la spirale métallique de la tour pour se rendre chez lui et profiter du peu d'heures de sommeil que lui autorisait son corps. En chemin, il vit la bicyclette de Roland et comprit que le garçon avait dormi là.

Lorsqu'il entra dans la maison, en s'efforçant de ne pas faire de bruit pour ne pas troubler le sommeil de son petit-fils, il découvrit que celui-ci l'attendait, assis dans un des vieux fauteuils de la salle à manger.

— Je ne pouvais pas dormir, grand-père, dit Roland en souriant au vieil homme. J'ai dormi deux ou trois heures comme une souche, et puis je me suis réveillé en sursaut sans pouvoir recouvrer le sommeil.

— Je connais ça, mais je connais aussi un truc infaillible.

— C'est quoi ?

Le vieil homme afficha son sourire malicieux, capable de le rajeunir de soixante ans.

— Faire la cuisine. Tu as faim ?

Roland considéra la question. L'image de toasts avec du beurre, de la marmelade et des œufs pochés lui produisit comme un chatouillement dans l'estomac. Il n'hésita donc pas à répondre oui.

— Bien, dit Victor Kray. Tu feras le marmiton. Allons-y.

Roland suivit son grand-père dans la cuisine et s'apprêta à appliquer les consignes du vieil homme.

— En ma qualité d'ingénieur, expliqua Victor Kray, c'est moi qui m'occuperai des œufs. Toi, tu prépareras les toasts.

En quelques minutes, grand-père et petit-fils réussirent à remplir la cuisine de fumée et à imprégner la maison de cette odeur irrésistible de breakfast fraîchement préparé. Puis ils s'assirent face à face à la table de la cuisine et levèrent chacun leur verre débordant de lait frais.

— C'est le petit déjeuner des individus en pleine croissance, plaisanta Victor Kray en attaquant avec une voracité feinte son premier toast.

— Hier, j'ai plongé jusqu'au bateau, dit Roland dans un quasi-murmure en baissant les yeux.

— Je sais, répondit le grand-père, toujours souriant et sans cesser de manger. Du nouveau ?

Roland hésita un bref instant, posa son verre de lait et regarda le vieil homme qui tentait de conserver un air gai et insouciant.

— Je crois qu'un malheur se prépare, grand-père, un malheur qui a quelque chose à voir avec certaines statues.

Victor Kray sentit un nœud d'acier se former dans son estomac. Il cessa de manger, laissant son toast à demi entamé.

— Cet ami que je me suis fait, Max, a vu des choses.

— Où habite-t-il, ton ami ? demanda le vieil homme d'une voix calme.

— Dans l'ancienne maison des Fleischmann, sur la plage.

Victor Kray hocha lentement la tête.

— Roland, je t'en prie, raconte-moi tout ce que vous avez vu, toi et tes amis.

Roland haussa les épaules et lui relata les incidents des deux derniers jours, depuis le moment où il avait rencontré Max jusqu'à la nuit qui venait de s'achever. Son récit terminé, il regarda son grand-père en tentant de lire dans ses pensées. Celui-ci, imperturbable, lui adressa un sourire rassurant.

— Finis de manger, Roland, dit-il.

— Mais... protesta le garçon.

— Ensuite, quand tu auras terminé, va chercher tes amis et conduis-les ici. Nous avons beaucoup de choses à nous dire.

À onze heures trente-quatre, Maximilian Carver téléphona de l'hôpital pour donner à ses enfants les dernières nouvelles. L'état de la petite Irina s'améliorait lentement, néanmoins les médecins n'osaient pas encore affirmer qu'elle était hors de danger. Alicia constata que la voix de son père reflétait un certain calme et que le pire était derrière eux.

Cinq minutes plus tard, le téléphone sonna de nouveau. Cette fois, c'était Roland, qui appelait du café du village. Il leur demandait de le retrouver à midi au phare. Quand Alicia raccrocha, le regard fasciné que Roland avait posé sur elle la nuit précédente sur la plage lui revint en mémoire. Elle sourit pour elle-même et sortit sous le porche afin de transmettre les nouvelles à Max. Elle distingua la silhouette de son frère, assis sur le sable en train de regarder la mer. À l'horizon, les premiers éclairs d'une tempête électrique allumèrent une traînée de lumière dans la voûte du ciel. Alicia marcha jusqu'au rivage et s'assit à côté de Max. L'air froid de cette matinée lui mordait la peau et elle regretta de ne pas avoir pris un bon tricot.

— Roland a appelé, dit-elle. Son grand-père veut nous voir.

Max acquiesça en silence, sans détourner les yeux de la mer. Un rayon qui tombait sur l'océan fendit le ciel.

— Tu aimes bien Roland, n'est-ce pas ? demanda-t-il en jouant avec une poignée de sable.

Alicia réfléchit quelques secondes avant de répondre.

— Oui. Et je crois que lui aussi m'aime bien. Pourquoi, Max ?

Max haussa les épaules et lança la poignée de sable vers la ligne que formaient les vagues en venant mourir sur la plage.

— Je ne sais pas. Je pensais à ce que Roland a dit de la guerre. Qu'il serait probablement appelé à la fin de l'été... Mais bon... Je suppose que ce n'est pas mon affaire.

Alicia se tourna vers son cadet et chercha son regard évasif. Il arquait les sourcils de la même manière que Maximilian Carver, et ses yeux gris trahissaient, comme toujours, une sensibilité à fleur de peau.

Elle passa les bras autour de ses épaules et l'embrassa sur la joue.

— Rentrons, dit-elle en secouant le sable collé à sa robe. Il fait trop froid, ici.

9.

Quand ils arrivèrent en bas du chemin qui montait au phare, Max sentit qu'en quelques secondes les muscles de ses jambes se ramollissaient comme du beurre. Avant de partir, Alicia lui avait proposé de prendre l'autre bicyclette qui dormait toujours dans l'ombre de la remise, mais il avait repoussé dédaigneusement cette suggestion en décidant de porter sa sœur, tout comme Roland l'avait fait la veille. Au bout d'un kilomètre, il commença de se repentir de sa fanfaronnade.

Comme si Roland avait deviné les souffrances de son ami durant le long trajet, il les attendait avec sa bicyclette à l'entrée du chemin. En le voyant, Max s'arrêta et laissa Alicia descendre. Il respira profondément et se massa les muscles, tétanisés par l'effort.

— Je crois que tu as rapetissé de quatre ou cinq centimètres, dit Roland.

Max préféra ne pas gaspiller son souffle pour répondre à l'ironie de son ami. En silence, Alicia se jucha sur la bicyclette de Roland, et ils repartirent. Max attendit quelques secondes avant de se remettre à pédaler pour gravir la côte. Il savait désormais comment il dépenserait son premier salaire : il achèterait une moto.

La petite salle à manger du phare sentait encore le café frais et le tabac de pipe. Le sol et les murs étaient en bois sombre et, à part une immense bibliothèque et quelques objets maritimes que Max ne put identifier, il n'y avait pratiquement pas de décoration. Une cuisinière à bois et une table couverte d'une nappe de velours foncé entourée de vieux fauteuils en cuir décoloré étaient tout le luxe que s'était permis Victor Kray.

Roland fit signe à ses amis de s'asseoir dans les fauteuils et prit place sur une chaise en bois entre les deux. Ils attendirent cinq minutes, au cours desquelles ils ne prononcèrent que quelques mots pendant que résonnaient au-dessus d'eux les pas du vieil homme sur le plancher de l'étage supérieur.

Finalement, le gardien du phare fit son apparition. Il ne ressemblait pas à l'idée que Max s'en était faite. Victor Kray était un homme de taille moyenne, au teint pâle, au visage couronné d'une masse de cheveux argentés qui ne lui donnaient pas son âge véritable.

Ses yeux verts et pénétrants parcoururent lentement les traits du frère et de la sœur, comme s'il s'agissait de lire dans leurs pensées. Max sourit nerveusement sous le regard inquisiteur du vieil homme. Victor Kray lui répondit par un sourire cordial qui éclaira sa figure.

— Vous êtes les premiers visiteurs que je reçois depuis des années, dit-il en s'asseyant dans l'un des fauteuils. Vous excuserez mes manières. D'ailleurs, quand j'étais enfant, je pensais que toutes ces histoires de politesse étaient d'une stupidité souveraine. Et je le pense toujours.

— Mais nous, nous ne sommes plus des enfants, grand-père, dit Roland.

— Quiconque est plus jeune que moi en est un. Toi, tu es sûrement Alicia. Et toi, Max. Il est vrai qu'il ne faut pas être sorcier pour le deviner.

Alicia lui adressa un sourire plein de chaleur. Elle ne le connaissait que depuis deux minutes, mais la gentillesse du vieil homme l'enchantait déjà. Max, étudiant son visage, essayait d'imaginer le gardien enfermé dans son phare depuis des dizaines d'années et veillant jalousement sur le secret de l'*Orpheus*.

— Je sais ce que vous devez penser, expliqua Victor Kray. « Est-ce que ce que nous avons vu ou croyons avoir vu ces derniers jours est vrai ? » En réalité, je n'avais jamais imaginé que le moment viendrait où je me verrais obligé de parler de cela, pas même à Roland. Mais, comme toujours, c'est le contraire de ce que nous espérions qui se produit, n'est-ce pas ?

Aucun des trois ne répondit.

— Bien. Venons-en au fait. Avant tout, il faut que vous me racontiez tout ce que vous savez. Et quand je dis tout, c'est *tout*. En incluant les détails qui peuvent vous paraître insignifiants. Tout. Compris ?

Max regarda ses camarades.

— Je commence ? suggéra-t-il.

Alicia et Roland acquiescèrent. Victor Kray lui fit signe de débuter son récit.

Pendant la demi-heure qui suivit, Max relata d'une seule traite tout ce dont il se souvenait, sous le regard attentif du gardien du phare, qui l'écouta sans manifester la moindre incrédulité ni, comme Max aurait pu s'y attendre, le moindre étonnement.

Quand il eut terminé son histoire, Victor Kray prit sa pipe et la bourra méthodiquement.

— Pas mal, murmura-t-il. Pas mal…

Il alluma sa pipe et un nuage de fumée à l'odeur douceâtre envahit la pièce. Victor Kray savoura lentement une bouffée de son mélange spécial et se carra dans son fauteuil. Puis, regardant chacun des trois jeunes gens dans les yeux, il parla…

— À l'automne, j'aurai soixante-douze ans, et même si je peux me consoler en sachant que je ne les parais pas, chacun d'eux pèse lourdement sur mes épaules. L'âge vous fait voir certaines choses. Par exemple, je sais maintenant que la vie humaine se divise fondamentalement en trois périodes. Dans la première, on ne pense même pas que l'on va vieillir, ni que le temps passe, ni que, dès le premier jour, celui de notre naissance, nous marchons vers une seule et unique fin. Passé la première jeunesse, commence la deuxième période, où l'on se rend compte de la fragilité de sa vie, et ce qui n'est d'abord qu'une simple inquiétude grossit en vous comme une mer de doutes et d'incertitudes qui vous accompagnent durant le reste de vos jours. Enfin, au terme de la vie, s'ouvre la troisième période, celle de l'acceptation de la réalité et, en conséquence, la résignation et l'attente. Au long de mon existence, j'ai connu beaucoup de gens qui étaient demeurés ancrés dans l'une de ces étapes et n'avaient jamais réussi à la dépasser. Il y a là quelque chose de terrible.

Victor Kray vit que les trois jeunes gens l'observaient attentivement et en silence, mais que leurs regards semblaient demander de quoi il voulait parler. Il s'arrêta pour tirer une bouffée de sa pipe et sourit à son petit auditoire.

— Tel est le chemin que chacun de nous doit apprendre à parcourir en solitaire, priant Dieu de l'aider à ne pas s'égarer avant d'arriver à la fin. Si nous étions tous capables de comprendre cela, apparemment si simple, au début de notre vie, une bonne part de nos misères et de nos peines ne se produirait jamais. Mais, et c'est un des grands paradoxes de l'univers, cette grâce ne nous est accordée que lorsqu'il est déjà trop tard. Fin de la leçon.

» Vous allez me demander pourquoi je vous explique tout cela. Je vais vous le dire. Parfois, une fois entre des millions, il arrive que quelqu'un, très jeune, comprenne que la vie est un chemin sans retour et décide que ce jeu ne lui convient pas. Comme quand on décide de tricher dans un jeu qui ne vous plaît pas. Dans la plupart des cas, on est démasqué et la tricherie s'arrête. Dans d'autres, le tricheur gagne. Et quand, au lieu de jouer avec des cartes ou des dés, ce tricheur joue avec la vie et la mort, il devient quelqu'un d'extrêmement dangereux.

» Il y a très longtemps, quand j'avais votre âge, le destin a voulu que je croise l'un des plus grands tricheurs qu'ait jamais connus ce monde. Je n'ai jamais réussi à savoir son véritable nom. Dans le quartier pauvre où je vivais, tous les gamins de la rue le connaissaient sous celui de Caïn. D'autres l'appelaient le Prince de la Brume, parce que, selon ce qu'on racontait, il émergeait toujours d'une épaisse brume qui couvrait les ruelles pendant la nuit et, avant l'aube, disparaissait de nouveau dans les ténèbres.

» Caïn était un homme jeune et bien fait de sa personne, dont nul n'était capable de deviner l'origine. Toutes les nuits, dans une des ruelles du quartier, Caïn réunissait les garçons loqueteux et toujours sales de la suie des usines, et leur proposait un pacte. Chacun pouvait formuler un souhait, et il se chargeait de le transformer en réalité. En échange, il demandait une seule chose : une loyauté absolue. Une nuit, Angus, mon meilleur ami, m'a emmené dans une de ces réunions avec les gamins du quartier. Ce Caïn était habillé comme un gentleman qui se rend à l'opéra et souriait tout le temps. Ses yeux semblaient changer de couleur dans la pénombre et sa voix était grave et posée. D'après les gamins, Caïn était un mage. Moi qui n'avais pas cru un seul mot de toutes les histoires qui circulaient dans le quartier, je me souviens qu'en sa présence toute envie de plaisanter s'est pulvérisée. Dès que je l'ai vu, la seule chose que j'ai ressentie a été de la peur et, pour plus de sûreté, je me suis bien gardé de prononcer un seul mot. Cette nuit-là, plusieurs gosses de la rue ont formulé leurs souhaits. À la fin, Caïn a dirigé son regard vers le coin où nous nous tenions, mon ami Angus et moi. Il nous a demandé si nous n'avions aucun désir à satisfaire. Je suis resté muet, mais Angus, à ma grande surprise, a parlé. Le jour même, son père venait de perdre son emploi. La fonderie où travaillaient la plupart des adultes du quartier licenciait du personnel pour le remplacer par des machines, qui fonctionnent plus longtemps et ont l'avantage de ne jamais ouvrir la bouche. Les premiers à se retrouver à la rue avaient été les leaders les plus combatifs parmi le personnel. Le père d'Angus était tout désigné pour faire les frais de cette loterie.

» Du coup, il perdait tout espoir d'élever dignement Angus et ses cinq frères et sœurs entassés dans une misérable maison de brique rongée par l'humidité. Angus, dans un filet de voix, a exprimé sa demande à Caïn : il souhaitait que son père soit réembauché à la fonderie. Caïn a acquiescé et, comme on me l'avait annoncé, il est reparti vers la brume et a disparu. Le lendemain, inexplicablement, le père d'Angus était repris à son travail. Caïn avait tenu parole.

» Quinze jours plus tard, nous rentrions chez nous dans la nuit, Angus et moi, après être allés voir une foire ambulante qui s'était installée aux portes de la ville. Pour ne pas être trop en retard, nous avions décidé de prendre un raccourci qui longeait l'ancienne voie de chemin de fer. Nous avons marché ainsi dans ces parages sinistres à la lueur de la lune, quand nous avons vu émerger de la brume une silhouette enveloppée d'une cape ornée d'une étoile à six branches au milieu d'un cercle en or. Elle allait à notre rencontre en suivant les rails abandonnés. C'était le Prince de la Brume. Nous en étions pétrifiés. Caïn nous a rejoints et, avec son sourire habituel, il s'est adressé à Angus. Il lui a expliqué que l'heure était venue de lui retourner la faveur qu'il lui avait accordée. Angus, visiblement terrorisé, a accepté. Caïn lui a dit que ce qu'il lui demandait était simple : juste un petit règlement de comptes. À l'époque, le personnage le plus riche du quartier, en réalité le seul riche, était Skolimoski, un commerçant polonais qui possédait le magasin d'alimentation et d'habillement où se fournissait tout le voisinage. La mission d'Angus était de mettre le feu au magasin de Skolimoski. Cette tâche devait être exécutée la nuit suivante. Angus a tenté de protester, mais les mots lui sont restés dans la gorge : quelque chose dans les yeux de Caïn montrait clairement qu'il n'était pas disposé à accepter autre chose que la plus absolue obéissance. Le mage est reparti comme il était venu.

» Nous avons couru jusqu'à chez nous. Quand j'ai quitté Angus devant la porte de sa maison, la terreur que j'ai lue dans ses yeux m'a serré le cœur. Le lendemain, je l'ai cherché dans les rues, sans trouver la moindre trace de lui. Je commençais à craindre que mon ami n'ait décidé d'accomplir la mission criminelle dont l'avait chargé Caïn, et j'ai décidé de monter la garde devant le magasin de Skolimoski dès la nuit tombée. Angus n'a pas donné signe de vie et, au matin, la boutique du Polonais n'avait pas brûlé. Je me sentais coupable d'avoir douté de mon ami, et j'ai supposé que ce que j'avais de mieux à faire était de le rassurer. Le connaissant bien, je savais qu'il devait se cacher dans sa maison, tremblant de peur devant de possibles représailles du mage fantôme. Dans la matinée, je me suis donc rendu chez lui. Angus n'y était pas. Les larmes aux yeux, sa mère m'a supplié de le chercher et de le ramener. La peur au ventre, j'ai sillonné le quartier dans tous les sens en ratissant les recoins les plus sordides. Personne n'avait vu mon ami. Le soir venu, alors que j'étais épuisé et ne savais plus où le chercher, une obscure intuition m'est venue. Je suis retourné sur la vieille voie de chemin de fer et j'ai suivi les rails qui luisaient faiblement sous la lune dans l'obscurité de la nuit. Je n'ai pas eu à marcher beaucoup. J'ai trouvé mon ami étendu sur la voie, à l'endroit même où, deux nuits plus tôt, Caïn avait émergé de la brume. J'ai voulu lui prendre le pouls, mais mes mains n'ont pas rencontré de peau sur ce corps. Juste de la glace. Le corps de mon ami s'était transformé en une grotesque figure de glace bleue et fumante qui fondait lentement sur les rails abandonnés. Autour de son cou, une petite médaille représentait le symbole que je me rappelais avoir vu gravé sur la cape de Caïn : l'étoile à six branches entourée d'un cercle. Je suis resté près de lui jusqu'à ce que les traits de son visage aient disparu pour toujours dans une flaque de larmes glacées au cœur des ténèbres.

» Cette même nuit, pendant que je constatais, horrifié, le sort subi par mon ami, le magasin de Skolimoski a été détruit par un terrible incendie. Je n'ai jamais expliqué à quiconque ce dont mes yeux avaient été témoins ce jour-là.

» Deux mois plus tard, ma famille a déménagé dans le Sud, loin de là, et, très vite, les mois passant, j'ai commencé à croire que le Prince de la Brume n'était plus qu'un pénible souvenir des obscures années vécues à l'ombre de cette ville pauvre, sale et violente de mon enfance... Jusqu'au jour où je l'ai revu et où j'ai compris que cela n'avait été que le commencement.

10.

» Ma rencontre suivante avec le Prince de la Brume s'est produite une nuit où mon père, qui avait accédé au poste de chef technicien d'une fabrique de textiles, nous a tous emmenés dans une grande foire d'attractions édifiée sur un quai en pierre qui s'avançait sur la mer comme un palais de cristal suspendu dans le ciel. À la tombée de la nuit, le spectacle des lumières multicolores de la foire au-dessus de la mer était impressionnant. Je n'avais jamais rien vu d'aussi beau. Mon père était euphorique ; il avait sauvé sa famille de ce qui s'annonçait comme un avenir misérable dans le Nord, et il était désormais un homme possédant une bonne position, respecté, et disposant d'assez d'argent pour que ses enfants profitent des mêmes amusements que n'importe quel gosse de la capitale. Nous avons dîné rapidement, puis mon père nous a donné à chacun quelques pièces pour que nous les dépensions à ce qui nous ferait le plus plaisir, tandis que ma mère et lui se promenaient bras dessus, bras dessous, en côtoyant les habitants endimanchés et les touristes chics.

» Moi, ce qui me fascinait, c'était une immense roue

qui tournait sans s'arrêter à l'une des extrémités du quai et dont les reflets étaient visibles de plusieurs kilomètres sur la côte. J'ai couru pour me mettre dans la file d'attente. Pendant que j'attendais, mon attention a été attirée par une des baraques qui se trouvaient à quelques mètres. Entre les tombolas et les stands de tir, une intense lumière pourpre éclairait la mystérieuse baraque d'un certain docteur Caïn. Devin, mage et voyant, selon ce qu'annonçait le panneau sur lequel un dessinateur de dernier ordre avait représenté le visage de Caïn regardant d'un air menaçant les curieux qui se pressaient autour du nouveau repaire du Prince de la Brume. Le panneau et les ombres que la lanterne pourpre projetait sur la baraque lui conféraient un aspect macabre et lugubre. Un rideau portant l'étoile à six branches brodée en noir en masquait l'entrée.

» Aimanté par cette vision, j'ai quitté la file d'attente et me suis approché de la baraque. J'étais en train d'essayer d'entrevoir l'intérieur à travers une mince fente, quand le rideau s'est ouvert d'un coup et une femme vêtue de noir, la peau blanche comme du lait et les yeux obscurs et pénétrants, m'a fait signe d'entrer. Une fois dedans, j'ai distingué, assis derrière un bureau, à la lumière d'une lampe à gaz, l'homme que j'avais rencontré, bien loin de là, sous le nom de Caïn. Un grand chat noir aux yeux dorés léchait son pelage à ses pieds.

» Sans plus réfléchir, je me suis dirigé vers la table où m'attendait le Prince de la Brume, sourire aux lèvres. Je me rappelle encore sa voix, grave et posée, prononçant mon nom sur le murmure de fond de la musique hypnotique d'un orgue de manège qui semblait être loin, très loin de là... »

— Victor, mon bon ami, chuchota Caïn. Si je n'étais pas devin, je dirais que le destin a décidé d'unir de nouveau nos chemins.

— Qui êtes-vous ? parvint à articuler le jeune Victor, tout en observant du coin de l'œil la femme aux allures de fantôme qui s'était retirée dans l'ombre de la pièce.

— Le docteur Caïn. Le panneau le dit, répondit-il. Vous passez un bon moment en famille ?

Victor avala sa salive et acquiesça.

— Voilà qui est bien, poursuivit le mage. Les amusements sont comme le laudanum : ils nous élèvent au-dessus de la misère et de la douleur, bien que ce soit seulement pour un instant.

— Je ne sais pas ce que c'est que le laudanum, répliqua Victor.

— Une drogue, mon fils, répondit Caïn doucement, en tournant le regard vers une pendule posée sur une étagère à sa gauche.

Victor eut l'impression que les aiguilles tournaient à l'envers.

— Le temps n'existe pas, il n'y a donc aucune raison de le perdre. As-tu réfléchi à ton souhait ?

— Je n'ai aucun souhait.

Caïn éclata de rire.

— Allons, allons. Nous avons tous un souhait, et même cent. Et la vie nous offre peu d'occasions de les transformer en réalité. (Caïn regarda la femme énigmatique avec une expression de pitié.) N'ai-je pas raison, ma chérie ?

La femme, comme si elle n'était qu'un simple objet inanimé, ne répondit pas.

— Mais ces occasions existent, Victor, reprit Caïn en se penchant au-dessus de la table, et tu as la chance d'en rencontrer une. Parce que tu peux faire de tes rêves une réalité, Victor. Et tu sais comment.

— Comme pour Angus ? cracha Victor qui, à cet instant, s'aperçut d'un fait étrange qu'il ne pouvait chasser de son esprit : jamais, absolument jamais, Caïn ne battait des paupières.

— Un accident, mon ami. Un malheureux accident, dit Caïn en adoptant un ton compatissant et désolé. C'est une erreur de croire que les rêves peuvent devenir réalité sans que l'on donne rien en échange. Tu ne trouves pas, Victor ? Disons que ce ne serait pas juste. Angus a voulu oublier certaines obligations, et cela n'était pas tolérable. Mais le passé est le passé. Parlons de l'avenir, de ton avenir.

— C'est ce que vous avez fait vous-même ? Transformer un souhait en réalité ? Pour devenir ce que vous êtes aujourd'hui ? Qu'est-ce que vous avez dû donner en échange ?

Caïn perdit son sourire de reptile et planta son regard dans les yeux de Victor Kray. Un instant, le garçon eut peur que cet homme ne se jette sur lui, prêt à le mettre en morceaux. Finalement, Caïn sourit de nouveau et soupira.

— Un jeune homme intelligent. Ça me plaît. Pourtant, il te reste beaucoup à apprendre. Quand tu seras prêt, reviens me trouver. Tu sais maintenant comment me rencontrer. J'espère te revoir bientôt.

— J'en doute, rétorqua Victor en se levant pour se diriger vers la sortie.

La femme, telle une marionnette cassée dont on aurait subitement tiré une ficelle, fit quelques pas comme pour l'accompagner. Il était presque arrivé à la sortie quand il entendit la voix de Caïn derrière lui.

— Encore une chose, Victor. À propos de souhaits. Réfléchis bien. La proposition est là. Peut-être qu'elle ne t'intéresse pas, mais il se peut qu'un membre de ta charmante famille nourrisse, bien caché, un rêve inavouable. C'est justement ma spécialité…

Victor ne s'arrêta pas pour répondre et retrouva l'air frais de la nuit. Il respira profondément et partit d'un pas rapide rejoindre sa famille. Pendant qu'il s'éloignait, le rire du docteur Caïn se perdit derrière lui, comme le glapissement d'une hyène, recouvert par la musique du manège.

Max avait écouté avec une telle fascination le récit du vieil homme qu'il n'avait pas osé formuler une seule des mille questions qui se bousculaient dans sa tête. Victor Kray parut lire dans ses pensées et pointa vers lui un doigt accusateur.

— Patience, jeune homme. Toutes les pièces s'ajusteront au moment voulu. Défense de m'interrompre. D'accord ?

L'avertissement s'adressait surtout à Max, mais les trois amis acquiescèrent en chœur.

— Bien, bien, murmura pour lui-même le gardien du phare.

— Le soir même, j'ai décidé de me tenir pour toujours à l'écart de cet individu et d'essayer d'effacer de mon esprit toute pensée le concernant. Quel qu'il fût vraiment, le docteur Caïn avait l'étonnante habileté de se planter en vous comme une de ces échardes qui, plus on s'acharne à les extraire, plus elles s'enfoncent dans la peau. Je ne pouvais en parler avec personne, à moins de vouloir être pris pour un dément, et je ne pouvais m'adresser à la police, car je n'aurais pas su par où commencer. Comme la prudence le recommande en pareil cas, j'ai laissé le temps passer.

» Nous étions heureux dans notre nouveau foyer, et j'ai eu l'occasion de faire la connaissance de quelqu'un qui m'a beaucoup aidé. Il s'agissait d'un révérend qui était chargé, à l'école, des cours de mathématiques et de physique. À première vue, il semblait vivre en permanence dans les nuages, pourtant c'était un homme dont l'intelligence n'avait de comparable que la bonté, qu'il s'efforçait de dissimuler sous une personnification très convaincante du scientifique atteint de folie douce. Il m'a encouragé à découvrir et à étudier à fond les mathématiques. Rien d'étonnant, donc, si, après plusieurs années de son enseignement, ma vocation pour les sciences est devenue de plus en plus évidente. Au début, j'ai voulu suivre son exemple en me consacrant moi aussi à l'enseignement, mais le révérend m'a dûment chapitré en me répétant que ma vocation était d'aller à l'université étudier la physique et de devenir le meilleur ingénieur de ce pays. Ou je lui obéissais, ou il cessait sur-le-champ et définitivement de s'intéresser à moi.

» C'est lui qui m'a obtenu une bourse pour l'université et qui m'a réellement mis sur la voie de ce qu'aurait pu être ma vie. Il est mort une semaine après que j'ai été diplômé. Je n'ai pas honte de dire que sa disparition m'a fait autant de chagrin que celle de mon propre père. À l'université, j'ai eu l'occasion de me lier d'amitié avec quelqu'un qui devait me conduire à rencontrer de nouveau le docteur Caïn : un jeune étudiant en médecine appartenant à une famille scandaleusement riche (ou du moins m'apparaissait-elle ainsi) du nom de Richard Fleischmann. Précisément le futur docteur Fleischmann qui, des années plus tard, devait construire la maison de la plage.

» Richard Fleischmann était un garçon véhément et toujours enclin aux exagérations. Il s'était habitué à ce que tout, dans sa vie, se déroule exactement comme il le désirait, et quand, pour un motif quelconque, quelque chose ne correspondait pas à ses attentes, il se mettait en colère contre le monde entier. Par une ironie du sort, notre amitié est venue de ce que nous étions tombés amoureux de la même jeune femme, Eva Gray, la fille du plus insupportable et du plus tyrannique professeur de chimie du campus.

» Au début, nous sortions tous les trois ensemble et partions en excursion le dimanche, quand l'ogre Theodore Gray n'y mettait pas son veto. Mais cet arrangement n'a pas duré longtemps. Le plus curieux, dans cette affaire, est que, loin de nous comporter en rivaux, nous sommes devenus, Fleischmann et moi, des camarades inséparables. Tous les soirs, après avoir ramené Eva dans la caverne de l'ogre, nous revenions ensemble, sachant bien que, tôt ou tard, l'un de nous deux serait mis hors jeu.

» Jusqu'à ce que ce jour arrive, nous avons passé ce qui, dans mon souvenir, reste les deux meilleures années de mon existence. Pourtant, il y a une fin à tout. Celle de notre trio inséparable a eu lieu le soir où nous avons reçu notre diplôme. Bien qu'ayant obtenu tous les lauriers imaginables, j'avais l'âme en berne du fait de la perte de mon vieux bienfaiteur. Eva et Richard ont décidé de me faire boire, moi qui ne buvais jamais, et de chasser par tous les moyens la mélancolie de mon esprit. Là-dessus, l'ogre Theodore, quoique prétendument sourd comme un pot, a tout entendu à travers la cloison et, une fois le projet découvert, la soirée a eu lieu sans Eva. Nous nous sommes retrouvés, Fleischmann et moi, face à face, complètement ivres, dans une taverne sordide où nous nous sommes époumonés à chanter les louanges de notre amour impossible, Eva Gray.

» Cette même nuit, alors que nous rentrions au campus, non sans faire de nombreuses embardées, une foire ambulante a semblé émerger de la brume près de la gare. Convaincus qu'un tour de manège serait un remède infaillible pour nous remettre d'aplomb, nous nous y sommes aventurés pour, finalement, nous trouver devant la porte de la baraque du docteur Caïn, devin, mage et voyant, comme l'annonçait toujours le sinistre panneau. Fleischmann a alors eu une idée géniale. Nous entrerions et nous demanderions au devin de nous livrer la clef de l'énigme : lequel de nous deux serait choisi par Eva Gray ? J'avais beau ne plus avoir toutes mes facultés, il me restait suffisamment de bon sens dans le corps pour ne pas céder à cette idée folle, mais pas assez de force pour en empêcher mon ami, lequel franchit résolument le seuil de la baraque.

» Je suppose que j'ai perdu quelque peu conscience, car je ne me souviens pas très bien des heures qui ont suivi. Lorsque j'ai repris connaissance, dans les affres d'un atroce mal de tête, nous étions tous les deux couchés sur un vieux banc en bois. Le jour pointait et les roulottes de la foire avaient disparu, comme si tout cet univers nocturne de lumières, de bruits et de foule n'avait été qu'une simple illusion de nos esprits égarés par l'alcool. Nous nous sommes levés et nous avons regardé le terrain désert autour de nous. J'ai questionné mon ami sur ce qu'il se rappelait des heures précédentes. En faisant un effort, il m'a dit avoir rêvé qu'il entrait dans la baraque d'un devin et que, quand celui-ci lui avait demandé quel était son souhait le plus cher, il avait répondu qu'il désirait obtenir l'amour d'Eva Gray. Puis il a ri, en plaisantant sur la gueule de bois monumentale qui nous punissait sévèrement, convaincu que rien de tout cela n'était réellement arrivé.

» Deux mois plus tard, Eva Gray et Richard Fleischmann convolaient en justes noces. Ils ne m'ont même pas invité au mariage. Je ne devais les revoir qu'au bout de vingt-cinq longues années.

» Par une pluvieuse journée d'hiver, un homme engoncé dans une gabardine m'a suivi de mon bureau jusqu'à chez moi. De la fenêtre de la salle à manger, j'ai constaté que l'inconnu restait en bas, à me surveiller. J'ai hésité quelques instants puis suis redescendu, dans le but d'avoir le cœur net sur ce mystérieux espion. C'était Richard Fleischmann, grelottant de froid et le visage terriblement marqué par le passage des ans. Ses yeux étaient ceux d'un homme qui aurait vécu toute sa vie persécuté. Je me suis demandé depuis combien de mois mon ancien ami n'avait pas dormi. Je l'ai fait monter chez moi et lui ai préparé un café brûlant. N'osant pas me regarder en face, il m'a interrogé sur cette nuit dans la baraque du docteur Caïn que j'avais chassée depuis des années de ma mémoire.

» Sans m'embarrasser de précautions inutiles, je l'ai questionné sur ce que Caïn lui avait demandé en échange de la réalisation de son souhait. Fleischmann, le visage ravagé par la peur et la honte, s'est agenouillé devant moi et m'a supplié en pleurant de l'aider. Je n'ai pas tenu compte de ses larmes, et j'ai exigé qu'il me réponde. Qu'avait-il promis au docteur Caïn en paiement de ses services ?

» — Mon premier enfant, m'a-t-il répondu. Je lui ai promis mon premier enfant...

» Fleischmann m'a avoué que, pendant des années, il avait administré à sa femme, à son insu, une drogue qui l'empêchait de concevoir un enfant. Mais, le temps passant, Eva Fleischmann était tombée dans un état de profonde dépression et l'absence d'une descendance tant désirée avait transformé leur union en enfer. Fleischmann craignait que, si elle ne se retrouvait pas enceinte, Eva finisse par sombrer dans la folie ou par s'éteindre lentement, comme la flamme d'une bougie privée d'air. Il m'a dit qu'il n'avait personne à qui s'adresser et m'a supplié de lui accorder mon pardon et mon aide. Finalement, je lui ai dit que je l'aiderais, non pour lui, mais en raison du lien qui me rattachait encore à Eva Gray et en souvenir de notre ancienne amitié.

» Le soir même, j'ai expulsé Fleischmann de chez moi, mais dans une intention très différente de celle qu'imaginait cet homme que j'avais, un jour, considéré comme mon ami. Je l'ai suivi sous la pluie et j'ai traversé la ville derrière lui. Je me demandais pourquoi je faisais ça. La seule idée qu'Eva Gray, qui m'avait repoussé quand nous étions jeunes, soit obligée de livrer son enfant à ce misérable sorcier me tordait les entrailles et suffisait à me faire affronter de nouveau le docteur Caïn, bien que ma jeunesse se soit depuis longtemps évaporée, et que je sois plus conscient que jamais d'avoir tout à perdre à ce triste jeu.

» Le parcours de Fleischmann m'a conduit jusqu'à la nouvelle baraque de ma vieille connaissance, le Prince de la Brume. Un cirque ambulant lui servait pour l'heure de résidence et, à ma grande surprise, le docteur Caïn avait renoncé à son titre de devin et de voyant pour endosser une nouvelle personnalité, plus modeste, mais plus en accord avec son sens de l'humour. Il était désormais un clown qui jouait, le visage peinturluré en blanc et en rouge ; cependant, même sous trois couches de maquillage, ses yeux aux couleurs changeantes ne laissaient aucun doute sur son identité. Le cirque de Caïn exhibait à son faîte l'étoile à six branches, et le mage s'était entouré d'une sinistre cohorte de compères qui, sous l'apparence de saltimbanques itinérants, dissimulaient de toute évidence quelque chose de louche. J'ai surveillé le cirque pendant deux semaines et ai bientôt découvert que la tente usée et jaunie abritait une dangereuse bande de malfrats, criminels et voleurs qui pratiquaient leurs forfaits partout où ils passaient. J'ai aussi constaté que le peu de raffinement qu'apportait le docteur Caïn dans le choix de ses esclaves l'avait conduit à semer derrière lui une piste criante de crimes, disparitions et vols qui n'échappait pas à la police locale, laquelle flairait de près la puanteur de corruption que dégageait ce cirque fantasmagorique.

» Bien entendu, Caïn était conscient de la situation. C'est pourquoi il avait décidé que lui et ses amis devaient disparaître du pays sans perdre de temps, mais de façon discrète et, de préférence, en marge de formalités policières pour le moins indésirables. C'est ainsi que, profitant d'une dette de jeu que la maladresse du capitaine hollandais lui avait servie opportunément comme sur un plateau, le docteur Caïn a pu embarquer cette fameuse nuit sur l'*Orpheus*. Et moi avec lui.

» Ce qui s'est passé pendant la nuit de la tempête, moi-même je suis incapable de l'expliquer. Un terrible orage a entraîné l'*Orpheus* vers la côte et l'a lancé contre les rochers, ouvrant dans la coque une voie d'eau qui a fait sombrer le cargo en quelques secondes. J'étais caché dans un canot de sauvetage qui, libéré de ses amarres, a surnagé au moment où le bateau s'empalait sur les rochers, puis a été poussé par les vagues jusqu'à la plage. C'est seulement ainsi que j'ai pu me retrouver sauf. Caïn et sa bande voyageaient dans la cale arrière, cachés sous des caisses par peur d'un possible contrôle militaire au milieu de la Manche. Il est probable que, quand l'eau glacée a envahi les profondeurs de la coque, ils n'ont même pas eu le temps de comprendre ce qui leur arrivait...

— Pourtant, finit quand même par l'interrompre Max, on n'a pas retrouvé les corps.

Victor Kray confirma.

— Souvent, dans les tempêtes de cette nature, la mer entraîne les corps au loin.

— Mais elle les rend toujours, même beaucoup plus tard, répliqua Max. Je l'ai lu.

— Ne crois pas tout ce que tu lis, dit l'ancien. Quoique, dans ce cas, ce soit vrai.

— Qu'est-ce qui a bien pu se passer, alors ? questionna Alicia.

— Pendant des années, j'ai eu une théorie à laquelle je ne croyais pas moi-même. Aujourd'hui, tout semble la confirmer...

» J'étais le seul survivant du naufrage de l'*Orpheus*. Pourtant, en reprenant connaissance à l'hôpital, j'ai compris qu'il y avait dans tout cela quelque chose d'anormal. J'ai décidé de construire ce phare et d'emménager ici, mais vous connaissez déjà cette partie de l'histoire. Je savais que cette nuit ne signifiait pas la disparition du docteur Caïn, mais n'était qu'une parenthèse. C'est pour cette raison que je suis resté ici toutes ces années. Avec le temps, quand les parents de Roland sont morts, je me suis chargé de leur enfant, et lui, en échange, a été mon unique compagnie dans mon exil.

» Mais ce n'est pas tout. Avec le temps aussi, j'ai commis une autre erreur fatale. J'ai voulu me mettre en contact avec Eva Gray. Je suppose que je voulais savoir si tout ce que j'avais dû endurer avait un sens. Fleischmann m'a précédé, il a eu connaissance de l'endroit où j'habitais et est venu me voir. Je lui ai fait le récit des événements, et il s'est cru libéré des cauchemars qui l'avaient tourmenté pendant des années. Il a décidé de faire bâtir la maison de la plage et, peu après, le petit Jacob est né. Ce furent les meilleures années de la vie d'Eva. Jusqu'à la mort de l'enfant.

» Le jour où Jacob Fleischmann s'est noyé, j'ai su que le Prince de la Brume n'avait jamais complètement disparu. Il était demeuré dans l'ombre en attendant, sans hâte, que quelque force occulte le ramène dans le monde des vivants. Et rien n'a plus de force que la volonté de tenir un serment…

11.

Quand le gardien du phare eut terminé son récit, la montre de Max indiquait un peu moins de cinq heures de l'après-midi. Au-dehors, une faible bruine avait commencé de tomber sur la baie, et le vent qui venait de la mer cognait avec insistance contre les volets de la maison du phare.

— Un orage approche, dit Roland en observant l'horizon de plomb sur l'océan.

— Max, murmura Alicia, nous devrions rentrer. Papa va bientôt appeler.

Max acquiesça sans trop de conviction. Il avait besoin de considérer soigneusement tout ce que le vieil homme avait expliqué, et d'essayer d'ajuster les différentes pièces du puzzle. Prostré dans son fauteuil, absent, le grand-père, que ses efforts pour faire revivre son histoire paraissaient avoir plongé dans un silence apathique, regardait dans le vide.

— Max... insista Alicia.

Max se leva et adressa un salut muet au vieil homme, qui lui répondit par un geste vague. Roland fixa son grand-père durant quelques secondes, puis accompagna ses amis à l'extérieur.

— Et maintenant, qu'est-ce qu'on fait ? demanda Max.

— Je ne sais que penser, affirma Alicia en haussant les épaules.

— Tu ne crois pas à l'histoire du grand-père de Roland ? le questionna Max.

— Ce n'est pas une histoire facile à croire. Il doit y avoir une autre explication.

Max adressa un regard interrogateur à Roland.

— Toi non plus, tu ne crois pas ton grand-père ?

— Tu veux que je sois sincère ? répondit le garçon. Je ne sais pas. Allons. Je vous accompagne avant que l'orage nous tombe dessus.

Alicia monta sur la bicyclette de Roland et, sans ajouter un mot, ils se lancèrent tous deux sur le chemin du retour. Max se retourna un instant pour contempler la maison du phare et tenta d'imaginer s'il était possible que toutes les années passées sur la falaise aient pu conduire Victor Kray à inventer cette histoire sinistre à laquelle il semblait croire dur comme fer. Il laissa la fraîcheur de la bruine imprégner son visage et enfourcha sa bicyclette pour descendre la côte.

L'histoire de Caïn et de Victor Kray continua de l'obséder pendant qu'il empruntait la route bordant la baie. En pédalant sous la pluie, il s'appliqua à ordonner les faits de l'unique façon apparemment plausible. En supposant que tout ce qu'avait relaté le vieil homme soit vrai, ce qui n'était certes pas facile à accepter, la situation demeurait obscure. Un puissant mage plongé dans une longue léthargie revenait lentement à la vie.

Si l'on s'en tenait à cette version, la mort du petit Jacob Fleischmann avait été le premier signe de son retour. Pourtant, aux yeux de Max, quelque chose, à bien y réfléchir, ne collait pas dans cette histoire que le gardien du phare avait longtemps tenue cachée.

Les premiers éclairs zébrèrent le ciel de rouge vif et le vent commença de cracher violemment de grosses gouttes de pluie sur le visage de Max. Il accéléra, bien que ses jambes ne se soient pas encore bien remises du marathon matinal. Il lui restait deux ou trois kilomètres avant d'arriver à la maison de la plage.

Il comprit qu'il ne serait pas capable d'accepter simplement le récit du vieil homme. La présence fantasmagorique du jardin des statues et ce qui s'était passé durant ces premiers jours de leur présence dans le village montraient bien qu'un sinistre mécanisme s'était mis en marche, et que rien ne permettait de prévoir ce qui allait arriver maintenant. Avec ou sans l'aide de Roland et d'Alicia, Max était déterminé à continuer de chercher, jusqu'à ce qu'il parvienne à percer la vérité. Il commencerait par le seul élément qui semblait conduire directement au cœur de cette énigme : les films de Jacob Fleischmann. Plus il tournait et retournait cette histoire dans sa tête, plus il était convaincu que Victor Kray ne leur avait pas tout révélé. Et qu'il s'en fallait même de beaucoup.

Alicia et Roland attendaient sous le porche de la maison de la plage quand Max arriva, trempé jusqu'aux os. Il alla déposer sa bicyclette dans le garage et courut se mettre à l'abri de la bourrasque.

— C'est la deuxième fois en une semaine, dit-il en riant. Si ça continue comme ça, je vais vraiment rétrécir. Tu ne penses pas repartir maintenant, Roland ?

— Je crains que si, répondit celui-ci en observant l'épaisse nappe d'eau qui tombait furieusement. Je ne veux pas laisser mon grand-père seul.

— Prends au moins un ciré, dit Alicia. Tu vas attraper une pneumonie.

— Inutile. J'ai l'habitude. Et puis c'est un orage d'été. Il passera vite.

— La voix de l'expérience, plaisanta Max.

— Tu l'as dit, confirma Roland.

Les trois amis échangèrent un regard silencieux.

— Je crois qu'il vaut mieux ne plus parler de ça jusqu'à demain, suggéra Alicia. Une bonne nuit de sommeil aidera à y voir plus clair. En tout cas, c'est toujours ce qu'on dit.

— Et qui pourra dormir cette nuit après une histoire comme celle-là ? s'exclama Max.

— Ta sœur a raison, dit Roland.

— Flatteur, enchaîna Max.

— Pour changer de sujet, je pensais retourner plonger demain sur le bateau. Je retrouverai peut-être le sextant que quelqu'un a laissé tomber hier… expliqua Roland.

Max cherchait une réponse cinglante montrant qu'il ne trouvait pas que ce soit une bonne idée d'aller plonger de nouveau du côté de l'*Orpheus*, quand Alicia le devança.

— Nous y serons, murmura-t-elle.

Un sixième sens avertit Max que ce pluriel était de pure politesse.

— À demain, donc, répliqua Roland, ses yeux brillants de plaisir fixés sur Alicia.

— Je suis là, persifla Max.

— À demain, Max, lança Roland, qui enfourchait déjà sa bicyclette.

Le frère et la sœur le virent partir sous l'orage et se tinrent devant l'entrée jusqu'à ce que sa silhouette disparaisse sur le chemin de la plage.

— Tu devrais passer des vêtements secs, Max. Pendant que tu te changeras, je préparerai quelque chose à manger.

— Toi ? s'exclama Max. Tu ne sais pas faire la cuisine.

— Qui t'a dit que j'ai l'intention de jouer les cuisinières, mon petit monsieur ? Nous ne sommes pas à l'hôtel. Entre plutôt, ordonna Alicia, un sourire malicieux aux lèvres.

Max choisit de suivre les conseils de sa sœur et pénétra dans la maison. L'absence d'Irina et des parents accentuait cette sensation que lui avait produite dès le premier jour la maison de la plage : celle d'être un intrus dans un foyer étranger. Pendant qu'il montait l'escalier pour gagner sa chambre, il se fit, un court instant, la réflexion que cela faisait deux jours qu'il n'avait pas vu le répugnant félin d'Irina. La perte ne lui parut pas grande, et il oublia ce détail aussi vite que l'idée lui en était venue.

Fidèle à sa parole, Alicia ne perdit pas dans la cuisine une seconde de plus que le strict nécessaire. Elle prépara des tranches de pain de seigle avec du beurre et de la marmelade, ainsi que deux verres de lait.

Quand Max découvrit le plateau du prétendu dîner, l'expression de son visage parla d'elle-même.

— Pas un mot ! le menaça Alicia. Je ne suis pas venue au monde pour faire la cuisine.

— Ça se voit, répliqua Max qui, de toute façon, n'avait guère d'appétit.

Ils mangèrent en silence dans l'attente de la sonnerie du téléphone et des nouvelles de l'hôpital, mais il n'y eut pas d'appel.

— Ils ont peut-être téléphoné avant, pendant que nous étions au phare, suggéra Max.

— Peut-être, murmura Alicia.

Il lut l'inquiétude sur le visage de sa sœur.

— S'il s'était passé quelque chose, fit-il valoir, ils n'auraient pas manqué de rappeler. Tout ira bien.

Alicia lui adressa un faible sourire, qui ne fit que confirmer à Max son don inné pour réconforter les autres avec des arguments auxquels lui-même ne croyait pas.

— Je suppose que oui, dit Alicia. Je crois que je vais aller me coucher. Et toi ?

Max vida son verre et fit un geste vers la cuisine.

— Moi aussi, mais, avant, je mangerai encore quelque chose. Je suis affamé, mentit-il.

Dès qu'il eut entendu Alicia fermer la porte de sa chambre, il posa le verre et se dirigea vers la remise pour y chercher d'autres films de la collection particulière de Jacob Fleischmann.

Max actionna l'interrupteur de l'appareil de projection, et le faisceau de lumière inonda le mur d'une image floue de ce qui semblait être un ensemble de symboles. Lentement, le plan devint plus net. Max comprit que ces supposés symboles étaient des chiffres disposés en cercle, et que ce qu'il voyait était le cadran d'une montre. Les aiguilles étaient immobiles et projetaient une ombre parfaitement définie sur le cadran, ce qui laissait supposer que le plan avait été tourné en plein soleil ou sous une source lumineuse intense. Le film continuait à montrer le cadran durant quelques secondes, puis, très lentement au début, avant de prendre progressivement de la vitesse, les aiguilles se mettaient à tourner en sens inverse de la normale. La caméra reculait et l'œil du spectateur pouvait constater que cette montre pendait au bout d'une chaîne. Un nouveau recul d'un mètre et demi révélait que la chaîne était tenue par une main blanche. La main d'une statue.

Max reconnut tout de suite le jardin que l'on voyait déjà sur le premier film de Jacob Fleischmann. Une fois de plus, la disposition des statues était différente de celle dont il se souvenait. La caméra se déplaçait de nouveau parmi les figures, sans coupures ni pauses, exactement comme dans le film précédent. Tous les deux mètres, l'objectif s'arrêtait sur un visage de pierre. Max examina une à une les faces congelées de cette sinistre bande de saltimbanques, dont on pouvait imaginer les membres en train d'agoniser dans le noir absolu de la cale de l'*Orpheus*, entraînés par l'eau glacée dans les ténèbres de la mort.

Finalement, la caméra s'approcha lentement de la figure qui trônait au milieu de l'étoile à six branches.

Le clown. Le docteur Caïn. Le Prince de la Brume. Près de lui, à ses pieds, Max reconnut la forme immobile d'un chat qui tendait une patte aux griffes acérées dans le vide. Ne se rappelant pas l'avoir vu lors de sa visite du jardin des statues, il était prêt à parier sa chemise que l'inquiétante ressemblance du félin de pierre avec la mascotte d'Irina ne devait rien au hasard. À contempler ces images pendant que le bruit de la pluie frappait sur les vitres et que l'orage s'éloignait vers l'intérieur des terres, il lui devenait très facile d'accorder son crédit à l'histoire que le gardien du phare leur avait racontée dans l'après-midi. La présence sinistre de ces silhouettes menaçantes suffisait à effacer tout doute, si raisonnable fût-il.

La caméra avança jusqu'au visage du clown, s'arrêta à un demi-mètre à peine et demeura là pendant plusieurs secondes. Max jeta un coup d'œil à la bobine pour constater que le film arrivait à sa fin et qu'il ne restait guère plus de deux mètres à visionner. Un mouvement sur l'image attira son attention. Le visage de pierre bougeait de façon presque imperceptible. Max se leva et alla jusqu'au mur où était projeté le film. Les pupilles de ces yeux de pierre se dilatèrent et les lèvres s'arquèrent lentement en un sourire cruel, révélant une longue rangée de dents effilées pareilles à celles d'un loup. Il sentit comme un nœud se former dans sa gorge.

Juste après, l'image disparut et il entendit le bruit de la bobine qui tournait dans le vide. C'était la fin du film.

Max éteignit le projecteur et respira profondément. Maintenant, il croyait tout ce que leur avait dit Victor

Kray. Il ne s'en sentait pas soulagé pour autant, au contraire. Il monta dans sa chambre et ferma la porte derrière lui. À travers les volets, au loin, il entrevoyait le jardin des statues. Une fois de plus, les contours de l'enclos de pierre étaient immergés dans une brume dense et impénétrable.

Cette nuit-là, cependant, Max eut le sentiment que les ténèbres dansantes ne provenaient pas du bois mais émanaient du plus profond de lui-même.

Quelques minutes plus tard, tandis qu'il luttait pour trouver le sommeil et chasser de son esprit le visage du clown, il imagina que cette brume n'était autre que l'haleine glacée du docteur Caïn qui attendait en souriant que sonne l'heure de son retour.

12.

Le lendemain matin, Max se réveilla avec la sensation d'avoir la tête remplie de gélatine. Ce que l'on devinait depuis sa fenêtre promettait une journée resplendissante de soleil. Il se leva paresseusement et prit sa montre de gousset sur la table de nuit. La première chose qui lui vint à l'esprit fut qu'elle était détraquée. Il la porta à son oreille et constata que le mécanisme fonctionnait parfaitement. C'était lui qui était en tort. Il était midi.

Il sauta du lit et se précipita dans l'escalier. Sur la table de la salle à manger, il trouva un mot, de la fine écriture de sa sœur.

Bonjour, Belle au bois dormant.

Quand tu liras ça, je serai déjà sur la plage avec Roland. Je t'ai emprunté la bicyclette, j'espère que tu ne seras pas fâché. Comme j'ai vu que, cette nuit, tu t'es offert une séance de cinéma, je n'ai pas voulu te réveiller. Papa a appelé à la première heure. Ils ne savent pas encore quand ils pourront rentrer à la maison. Irina est toujours dans le même état, mais les médecins disent qu'elle devrait bientôt sortir du coma. J'ai convaincu papa de ne pas s'inquiéter pour nous (et ça n'a pas été facile).

Naturellement, il n'y a rien pour le breakfast.

Fais de beaux rêves.

Alicia

Max relut trois fois le billet avant de le reposer sur la table. Il remonta l'escalier en courant et se débarbouilla à la va-vite. Il enfila un costume de bain et une chemise bleue, et se dirigea vers la remise pour prendre la seconde bicyclette. Il n'était pas encore sur le chemin de la plage que déjà son estomac réclamait à grands cris que lui soit administrée sa dose matinale. En arrivant au village, il fit un détour pour se rendre à la boulangerie de la place de la mairie. Les odeurs que l'on percevait à cinquante mètres de l'établissement et les subséquents gargouillements d'approbation de son estomac lui confirmèrent qu'il avait pris la bonne décision. Trois madeleines et deux tablettes de chocolat plus tard, il put reprendre le chemin de la plage avec un sourire qui lui fendait le visage d'une oreille à l'autre.

La bicyclette d'Alicia était posée contre la barre de bois du chemin qui conduisait à la cabane de Roland. Max laissa la sienne à côté de celle de sa sœur tout en pensant que, même si le village n'avait pas l'air d'être un repaire de chapardeurs, il ne serait pas inutile d'acheter des cadenas. Il s'arrêta pour observer le phare en haut de la falaise, puis se dirigea vers la plage. Un peu avant de quitter le sentier d'herbes hautes qui débouchait sur la petite baie, il s'immobilisa.

À une vingtaine de mètres de l'endroit où il se tenait, Alicia était étendue à mi-chemin de l'eau et du sable. Penché sur elle, Roland, la main posée sur la hanche de sa sœur, se rapprochait et l'embrassait sur les lèvres. Max recula et se cacha derrière les herbes, en espérant ne pas avoir été vu. Il demeura là immobile un moment en se demandant ce qu'il devait faire ensuite. Apparaître en souriant comme un stupide promeneur et leur dire bonjour ? Ou partir faire un tour ?

Il ne se sentait pas l'âme d'un espion, mais il ne put réprimer son envie de regarder de nouveau à travers les buissons dans la direction de sa sœur et de Roland. Il pouvait entendre leurs rires et voir les mains de Roland parcourir timidement le corps d'Alicia, avec un tremblement qui indiquait que c'était la première ou tout au plus la seconde fois qu'il se risquait dans pareille aventure. Il se demanda si, pour Alicia aussi, c'était la première fois et, à sa surprise, il constata qu'il était incapable de trouver une réponse. Ils avaient beau avoir toujours vécu sous le même toit, sa sœur Alicia était pour lui un mystère.

La voir là, couchée sur la plage, en train d'embrasser Roland, était déconcertant et tout à fait inattendu. Il avait subodoré, dès le début, qu'il y avait entre sa sœur et son ami une attirance évidente ; mais s'il lui avait été loisible de l'imaginer, le voir de ses propres yeux était très différent. Il se pencha encore une fois pour regarder et sentit tout de suite qu'il n'avait pas le droit de rester là, que ce moment n'appartenait qu'à Alicia et à Roland. Silencieusement, il revint sur ses pas jusqu'à la bicyclette et s'éloigna de la plage.

Ce faisant, il se demanda si, par hasard, il ne serait pas jaloux. Peut-être était-ce seulement que, après toutes ces années passées à croire que sa sœur n'était qu'une grande enfant, sans secrets d'aucune sorte, l'idée ne l'avait jamais effleuré qu'elle puisse embrasser le premier venu. Un instant, il se moqua de sa naïveté, et, peu à peu, commença à se réjouir de ce qu'il avait vu. On ne pouvait pas prévoir ce qui se passerait la semaine suivante ni ce qu'apporterait avec elle la fin de l'été, mais, ce jour-là, Max était sûr que sa sœur était heureuse. Et, après tout, c'était ça qui comptait, car c'était bien la première fois depuis des années.

Il pédala de nouveau jusqu'au centre du village et posa sa bicyclette contre le bâtiment de la bibliothèque municipale. Dans l'entrée, un vieux panneau vitré annonçait les horaires d'ouverture au public et d'autres informations ; y figuraient également l'affiche mensuelle de l'unique cinéma à des milles à la ronde ainsi qu'un plan. Max concentra son attention sur ce dernier et l'étudia en long et en large. La physionomie du village correspondait plus ou moins au modèle qu'il avait dessiné dans sa tête.

Le plan indiquait de façon détaillée le port, le centre urbain, la plage nord où les Carver avaient leur maison, la baie de l'*Orpheus*, le phare, les terrains de sport près de la gare et le cimetière municipal. Une étincelle jaillit dans son esprit. Pourquoi ne pas y avoir pensé plus tôt ? Il consulta sa montre et s'aperçut qu'il était deux heures passées. Il reprit sa bicyclette et s'engagea dans la grand-rue en remontant vers l'intérieur des terres, là où se trouvait le petit cimetière où il espérait trouver la tombe de Jacob Fleischmann.

Le cimetière était un classique enclos rectangulaire situé au bout d'un long chemin qui montait entre de hauts cyprès. Rien de particulièrement original. Les murs étaient modérément anciens et le lieu offrait l'aspect habituel des cimetières de village où, à l'exception de quelques jours par an et si l'on ne comptait pas les enterrements locaux, les visites étaient rares. Les grilles étaient ouvertes et un écriteau en métal rouillé annonçait que les heures d'ouverture étaient de neuf heures du matin à cinq heures de l'après-midi en été et de huit à quatre en hiver. S'il y avait un quelconque gardien, Max ne le vit pas.

En gravissant la côte, il s'était représenté un lieu sinistre et lugubre, mais le soleil rayonnant du début de l'été lui conférait l'aspect d'un cloître tranquille empreint d'une vague mélancolie.

Max laissa sa bicyclette contre le mur d'enceinte et entra. Le cimetière paraissait peuplé de modestes tombes qui appartenaient probablement aux familles des notables. Autour s'élevaient des murs de niches d'une construction plus récente.

Il avait envisagé l'éventualité que, peut-être, les Fleischmann avaient préféré enterrer le petit Jacob loin de là, mais son intuition lui soufflait que les restes de l'héritier du médecin reposaient dans le village qui l'avait vu naître. Il lui fallut presque une demi-heure pour découvrir la tombe de Jacob, à une extrémité du cimetière, à l'ombre de deux vieux cyprès. Il s'agissait d'un petit mausolée de pierre auquel le temps et les pluies avaient donné un air d'abandon et d'oubli. Il avait la forme d'une étroite chapelle en marbre noirci et couvert de mousse, avec une grille en fer forgé flanquée de deux statues d'anges qui levaient vers le ciel un regard empli d'affliction. Entre les barreaux rouillés, un bouquet de fleurs séchées attendait depuis des temps immémoriaux.

Il se dégageait de cet endroit une aura pathétique et, bien qu'il n'eût de toute évidence pas reçu de visites depuis très longtemps, les échos de la douleur et de la tragédie paraissaient encore récents. Max s'engagea sur le sentier dallé qui conduisait jusqu'à la chapelle mortuaire et s'arrêta sur le seuil. La grille était entrouverte et l'intérieur exhalait une intense odeur de renfermé. Autour, le silence était absolu. Il adressa un dernier regard aux anges de pierre qui gardaient le tombeau de Jacob Fleischmann et entra, conscient que s'il attendait une minute de plus, il ne pourrait s'empêcher de s'enfuir à toutes jambes.

L'intérieur était plongé dans l'ombre. Max entraperçut au sol une traînée de fleurs fanées qui s'achevait au pied d'une dalle, sur laquelle le nom de Jacob Fleischmann avait été gravé en relief. Mais il y avait encore autre chose : sous le nom, l'étoile à six branches dans son cercle marquait la pierre qui protégeait les restes de l'enfant.

Max éprouva un désagréable fourmillement dans le dos et se demanda pour la première fois pourquoi il était venu seul. Derrière lui, la lumière du soleil sembla pâlir. Il sortit sa montre et vérifia l'heure, avec l'idée absurde qu'il s'était peut-être attardé plus que de raison et que le gardien du cimetière avait fermé les portes, le retenant prisonnier. Les aiguilles de la montre indiquaient trois heures de l'après-midi à peine passées. Max prit une profonde inspiration et se rassura.

Il promena une dernière fois son regard autour de lui et, après avoir constaté que rien en ce lieu ne pouvait lui apporter de nouvelles lumières sur l'histoire du docteur Caïn, il s'apprêta à s'en aller. Il s'aperçut alors qu'il n'était pas seul à l'intérieur du mausolée. Une silhouette obscure se mouvait au plafond, silencieuse comme un insecte. Max sentit sa montre s'échapper de ses mains couvertes d'une sueur froide et leva les yeux. La forme s'arrêta et, scrutant Max, exhiba un sourire de loup et tendit vers lui un mince doigt accusateur. Lentement, les traits de ce visage se modifièrent, et la physionomie désormais familière du clown qui masquait le docteur Caïn affleura à la surface. Max lut une rage et une haine brûlantes dans son regard. Il voulut se précipiter vers la porte et s'enfuir, mais ses membres ne lui obéirent pas. Après quelques instants, l'apparition s'évanouit dans l'ombre, et Max demeura paralysé durant cinq longues secondes.

Une fois son souffle récupéré, il courut vers la sortie sans s'arrêter pour regarder derrière lui, jusqu'à ce qu'il retrouve sa bicyclette et mette une centaine de mètres entre lui et la grille du cimetière. Pédaler de toutes ses forces l'aida à reprendre lentement le contrôle de ses nerfs. Il comprit qu'il avait été l'objet d'un truc quelconque, d'une macabre manipulation de ses propres peurs. Même ainsi, l'idée de rebrousser chemin pour ramasser sa montre était, pour le moment, impensable. Le calme retrouvé, il reprit le chemin de la baie.

Cette fois, il ne cherchait pas sa sœur et Roland, il voulait voir le vieux gardien du phare auquel il avait quelques questions à poser.

Le vieil homme écouta ce qui s'était passé au cimetière avec la plus grande attention. Le récit terminé, il hocha gravement la tête et fit signe à Max de s'asseoir près de lui.

— Est-ce que je peux vous parler en toute franchise ? s'enquit Max.

— C'est bien ce que j'attends de toi, jeune homme. Vas-y.

— J'ai l'impression qu'hier vous ne nous avez pas dit tout ce que vous savez. Et ne me demandez pas pourquoi je crois ça. C'est un pressentiment.

Le visage du gardien du phare resta imperturbable.

— Que crois-tu qu'il y a d'autre ? questionna Victor Kray.

— Je crois que ce docteur Caïn, ou quel que soit son nom, va faire quelque chose. Très prochainement. Et je crois que tous les événements de ces jours-ci sont les signes de ce qui se prépare.

— Ce qui se prépare, répéta le gardien de phare. Voilà une façon intéressante de dire les choses, Max.

— Écoutez, monsieur Kray, je sors à peine d'une peur mortelle. Ça fait déjà plusieurs jours que des choses très étranges se produisent, et je suis sûr que ma famille, vous, Roland et moi-même, nous sommes en danger. Je vous préviens que je ne suis pas disposé à accepter davantage de mystères.

Le vieil homme sourit.

— Ça me plaît. Direct et droit au but, dit-il en faisant suivre ces mots d'un rire qui manquait de conviction. Tu vas voir, Max, que je ne vous ai pas expliqué l'histoire du docteur Caïn pour vous distraire ou pour évoquer de vieux souvenirs. Je l'ai fait pour que vous sachiez ce qui se passe et que vous soyez prudents. Ça fait plusieurs jours que tu es inquiet ; moi, ça fait vingt-cinq ans que je suis dans ce phare avec un seul objectif : surveiller la bête. C'est le seul but de ma vie. Moi aussi, je serai franc avec toi, Max. Je ne vais pas jeter vingt-cinq années par-dessus bord parce qu'un gamin qui vient tout juste de débarquer décide de jouer les détectives. J'aurais probablement mieux fait de ne rien raconter. Le mieux serait peut-être que tu oublies tout ce que je t'ai dit et que tu te tiennes à l'écart de ces statues et de mon petit-fils.

Max voulut protester, mais le gardien du phare leva la main pour lui faire signe de se taire.

— Ce que je vous ai raconté est plus que ce que vous aviez besoin de savoir. Ne force pas le sort, Max. Oublie Jacob Fleischmann et brûle aujourd'hui même ces films. C'est le meilleur conseil que je puisse te donner. Et maintenant, mon garçon, va-t'en.

Victor Kray suivit des yeux Max qui descendait la côte sur sa bicyclette. Les paroles qu'il avait adressées au garçon étaient dures et injustes, pourtant, dans le fond de son cœur, il était convaincu que c'était ce qu'il pouvait faire de plus prudent. Le garçon était intelligent et il n'avait pas pu le leurrer. Max savait qu'il leur cachait quelque chose, mais il ne parviendrait pas à deviner l'ampleur de ce secret. Les événements s'étaient précipités. Après vingt-cinq ans, la crainte et l'angoisse causées par la réapparition du docteur Caïn se manifestaient au déclin de sa vie, alors que lui-même ne s'était jamais senti aussi faible et aussi seul.

Victor Kray tenta de chasser de son esprit le souvenir amer de toute une existence liée à ce sinistre personnage, depuis le faubourg sordide de son enfance jusqu'à sa réclusion dans le phare. Le Prince de la Brume lui avait pris le meilleur ami de son enfance, la seule femme qu'il avait vraiment aimée et, finalement, il lui avait volé chaque minute de sa longue maturité en le transformant en l'ombre de lui-même. Durant les interminables nuits dans le phare, il lui arrivait souvent d'imaginer ce qu'aurait pu être son existence si le destin ne lui avait pas fait croiser ce puissant mage. Il savait aujourd'hui que les souvenirs qui l'accompagneraient dans ses ultimes années ne seraient que les inventions d'une biographie qu'il n'avait jamais vécue.

Son seul espoir reposait sur Roland et sur la ferme promesse qu'il s'était faite de lui offrir un avenir éloigné de ce cauchemar. Il ne lui restait plus beaucoup de temps, et ses forces n'étaient plus celles qui lui avaient permis de tenir le coup pendant des années. Dans deux jours à peine, il y aurait exactement vingt-cinq ans que l'*Orpheus* avait sombré à quelques mètres de là, et Victor Kray sentait, à chaque minute qui passait, à quel point Caïn acquérait plus de pouvoir.

Le vieil homme s'approcha de la fenêtre et contempla la forme noire de la coque de l'*Orpheus* gisant sous les eaux bleues de la baie. Quelques heures encore de soleil, puis l'obscurité tomberait, et avec elle ce qui pourrait bien être sa dernière nuit dans le couronnement du phare.

Quand Max entra dans la maison de la plage, le mot d'Alicia était toujours sur la table de la salle à manger, preuve irréfutable que sa sœur n'était pas encore rentrée et se trouvait toujours en compagnie de Roland. La solitude qui régnait dans la maison s'ajouta à celle qu'en cet instant il éprouvait intérieurement. Les paroles du vieil homme résonnaient encore dans sa tête. La manière dont l'avait traité le gardien du phare l'avait certes blessé, pourtant il ne lui en gardait pas rancune. Max avait la certitude que cet homme cachait quelque chose ; mais il était également sûr que seule une puissante raison le poussait à se conduire de la sorte. Il monta dans sa chambre et s'étendit sur le lit en pensant que cette affaire était trop compliquée pour lui et que, même si les pièces de l'énigme apparaissaient les unes après les autres, il serait incapable de trouver la manière de les ajuster.

Peut-être devait-il suivre les conseils de Victor Kray et tout oublier, ne fût-ce que pour quelques heures. Il regarda sur la table de chevet et vit que le livre de Copernic y était toujours, après plusieurs jours d'abandon, comme un antidote rationnel aux énigmes qui l'assiégeaient. Il ouvrit le livre à la page où il avait interrompu sa lecture et tenta de se concentrer sur les considérations à propos de la trajectoire des planètes dans le cosmos. L'aide de Copernic pouvait, pourquoi pas, venir à point pour démêler la trame de ce mystère. Mais, une fois de plus, il semblait évident que Copernic n'avait pas choisi la bonne époque pour passer ses vacances en ce monde. Dans un univers infini, trop de choses échappaient à la compréhension humaine.

13.

Des heures plus tard, quand Max eut mangé et qu'il ne lui resta plus qu'une dizaine de pages à lire, le bruit des bicyclettes entrant dans le jardin de devant parvint à ses oreilles. Il entendit le murmure des voix de Roland et d'Alicia, qui se prolongea durant presque une heure devant le porche. Il reposa le livre sur la table de chevet et éteignit la lampe. Finalement, il entendit la bicyclette de Roland s'éloigner sur le chemin de la plage et les pas d'Alicia gravissant lentement l'escalier. Sa sœur s'arrêta un instant devant sa porte. Puis elle repartit en direction de sa propre chambre. Il l'entendit s'allonger sur le lit en faisant tomber ses chaussures sur le plancher. Il se souvint de l'image de Roland embrassant Alicia sur la plage et sourit dans la pénombre. Pour une fois, il était sûr que sa sœur mettrait beaucoup plus de temps que lui à trouver le sommeil.

Le lendemain, Max décida de se lever plus tôt que le soleil, et l'aube le trouva en train de pédaler vers la boulangerie du village, dans l'intention d'acheter un délicieux breakfast et d'éviter qu'Alicia se contente de sa sempiternelle tartine de marmelade et de beurre et de son verre de lait. À cette heure-là, le village était plongé dans un calme qui lui rappelait les matinées de dimanche en ville. Seuls de rares passants silencieux brisaient l'état narcotique des rues, où même les maisons, avec leurs volets clos, paraissaient dormir.

Au loin, au-delà de l'entrée du port, les quelques bateaux de pêche qui composaient la flotte locale prenaient le large pour ne revenir qu'au crépuscule. Le boulanger et sa fille, une demoiselle bien en chair et aux joues roses, le parfait contraire d'Alicia, saluèrent Max et, tout en lui préparant un appétissant assortiment de petits pains et de brioches à peine sortis du four, s'enquirent de l'état d'Irina. Les nouvelles volaient vite, et le médecin du village faisait apparemment un peu plus, au cours de ses tournées, que de prendre la température de ses patients.

Max parvint à regagner la maison de la plage en conservant au petit déjeuner la chaleur irrésistible des gâteaux encore fumants. Sans sa montre, il ne savait pas avec exactitude l'heure qu'il était, mais il imaginait qu'il ne devait pas être loin de huit heures. Devant la perspective peu encourageante d'attendre le réveil d'Alicia pour commencer à manger, il décida d'employer un audacieux stratagème. Et donc, prenant pour excuse la nécessité de servir le petit déjeuner avant qu'il ne refroidisse, il prépara sur un plateau les produits du four, avec du lait et des serviettes, puis monta à la chambre de sa sœur. Il frappa à la porte jusqu'à ce qu'une voix somnolente lui réponde par un murmure inintelligible.

— *Room service*, dit Max. Je peux entrer ?

Il poussa la porte. Alicia avait la tête fourrée sous un oreiller. Il jeta un coup d'œil sur la chambre, les vêtements dispersés sur les chaises et la galerie d'objets personnels de sa sœur. Pour lui, une chambre de fille avait toujours été un mystère fascinant.

— Je compte jusqu'à cinq, dit Max, et après je mange tout.

À l'odeur du beurre qui flottait dans la pièce, le visage de sa sœur émergea de sous l'oreiller.

Roland les attendait au bord de la plage, vêtu d'un vieux pantalon dont il avait raccourci les jambes et qui faisait en même temps office de costume de bain. Près de lui, il y avait un petit canot en bois qui ne devait pas mesurer plus de trois mètres de longueur. Il semblait avoir passé trente ans échoué sur une plage en plein soleil ; les lattes avaient acquis un ton grisâtre impuissant à dissimuler quelques écailles de peinture bleue, vestiges d'une époque plus prospère. Néanmoins, Roland admirait son canot comme s'il s'agissait d'un yacht de luxe. Et pendant que sa sœur et lui contournaient les rochers pour gagner le bord de la mer, Max constata que son ami avait tracé à l'avant de l'embarcation le nom *Orpheus II* avec une peinture encore fraîche qui devait dater du matin même.

— Depuis quand possèdes-tu un bateau ? demanda Alicia en désignant l'esquif rachitique dans lequel

Roland avait déjà embarqué les équipements de plongée ainsi que des paniers au contenu mystérieux.

— Depuis trois heures. Un pêcheur du village allait le dépecer pour en faire du bois de chauffage, mais je l'ai convaincu, et il me l'a donné en échange d'un service.

— Un service ? s'étonna Max. Je crois que le service, c'est plutôt toi qui le lui as rendu.

— Tu peux rester à terre si tu préfères, se moqua Roland. Allez, tout le monde à bord.

L'expression « à bord » semblait légèrement inappropriée s'agissant du paquebot en question, mais après avoir parcouru quinze mètres Max dut admettre que ses prévisions de naufrage instantané étaient fausses. De fait, le canot, répondant fermement à chaque coup d'aviron énergique de Roland, naviguait parfaitement.

— J'ai apporté une petite innovation qui vous surprendra, dit ce dernier.

Max regarda un des paniers fermés et souleva le dessus de quelques centimètres.

— Qu'est-ce que c'est ? murmura-t-il.

— Un hublot sous-marin. En réalité, une caisse dont le dessous est vitré. En la posant sur la surface de l'eau, tu peux voir le fond sans avoir besoin de plonger. Tout à fait comme par une fenêtre.

Max fit un geste en direction de sa sœur.

— Comme ça, elle pourra au moins voir quelque chose, persifla-t-il.

— Et qui t'a dit que j'ai l'intention de rester là ? protesta Alicia. Aujourd'hui, c'est moi qui descends.

— Toi ? Mais tu ne sais pas plonger ! s'exclama Max, bien décidé à faire enrager sa sœur.

— Parce que tu appelles plonger ce que tu as fait l'autre jour ? se moqua Alicia, refusant d'enterrer la hache de guerre.

Roland continua de ramer en se gardant bien d'intervenir dans leur discussion et arrêta le canot à environ quarante mètres de la rive. Sous eux, la masse sombre de l'*Orpheus* s'étendait sur le fond, telle celle d'un grand requin couché sur le sable à l'affût d'une proie.

Roland ouvrit un panier et en tira une ancre rouillée attachée à un câble épais et visiblement abîmé. À la vue de ce matériel, Max supposa que ces vieilleries marines faisaient partie du lot que Roland avait négocié afin de sauver le misérable canot d'une fin nettement plus appropriée à son état.

— Attention aux éclaboussures ! cria Roland en balançant l'ancre par-dessus bord.

Le poids mort descendit à la verticale et souleva un maelström miniature en déroulant presque quinze mètres de câble.

Il laissa le courant entraîner le canot sur quelques mètres et attacha le câble de l'ancre à un petit anneau qui pendait de la proue. Le canot se balança doucement dans la brise et le câble se tendit en faisant grincer la charpente de l'embarcation. Max jeta un coup d'œil soupçonneux aux jointures des couples.

— Il ne coulera pas, Max. Fais-moi confiance, affirma Roland en sortant son hublot sous-marin du panier et en l'appliquant sur la surface de l'eau.

— Ça, c'est ce qu'a dit le capitaine du *Titanic* avant d'appareiller, rétorqua Max.

Alicia se pencha pour regarder à travers le fond de

verre et vit pour la première fois la coque de l'*Orpheus* reposant sur le sable.

— C'est incroyable ! s'exclama-t-elle devant le spectacle sous-marin.

Roland, tout heureux, sourit et lui tendit des lunettes de plongée et des palmes.

— Attends plutôt de le voir de près ! dit-il en l'équipant.

La première à sauter à l'eau fut Alicia. Roland, assis sur le plat-bord du canot, adressa à Max un regard rassurant.

— Ne t'inquiète pas. Je la surveillerai. Il ne se passera rien.

Il sauta à son tour et rejoignit Alicia qui l'attendait à trois mètres du canot. Tous deux saluèrent Max et, quelques secondes plus tard, ils avaient disparu de la surface.

Sous l'eau, Roland prit la main d'Alicia et la guida lentement au-dessus des vestiges de l'*Orpheus*. La température de la mer avait légèrement baissé depuis leur dernière baignade au même endroit, et le froid devenait plus sensible à mesure qu'ils descendaient. Roland était habitué à ce phénomène qui pouvait intervenir dans les premiers jours de l'été, particulièrement quand les courants froids venus du large passaient avec force au-dessous d'une couche d'eau de six ou sept mètres. Au vu de la situation, il décida que, ce jour-là, il ne permettrait ni à Alicia ni à Max de plonger avec lui jusqu'à la coque de l'*Orpheus* ; les occasions de le faire ne manqueraient pas au cours de l'été.

Alicia et Roland nagèrent le long de l'épave. Ils s'arrêtaient régulièrement pour reprendre de l'air et contempler tranquillement le navire qui gisait dans la lumière spectrale du fond. Roland devinait l'excitation d'Alicia devant le spectacle et ne la quittait pas des yeux. Il savait que, s'il voulait plonger avec plaisir et en toute tranquillité, il ne pouvait le faire que seul.

Quand il emmenait quelqu'un avec lui, surtout des novices en la matière comme l'étaient ses nouveaux amis, il ne pouvait éviter de jouer le rôle de nounou sous-marine. Cela dit, il était particulièrement heureux de partager avec Alicia et son frère ce monde magique qui, pendant des années, n'avait appartenu qu'à lui seul. Il se sentait comme le guide d'un musée ensorcelé, accompagnant des visiteurs pour une promenade hallucinante dans une cathédrale engloutie.

Le paysage sous-marin, cependant, offrait d'autres attraits. Il aimait contempler le corps d'Alicia évoluant sous l'eau. À chaque brasse, il voyait les muscles de son torse et de ses jambes se tendre, et sa peau acquérir une pâleur bleutée. En fait, il se sentait plus à l'aise pour l'observer de la sorte, quand elle ne remarquait pas la nervosité de ses regards. Ils remontèrent encore pour reprendre haleine et constatèrent que le canot et la silhouette immobile de Max à son bord étaient à plus de vingt mètres. Alicia adressa à Roland un sourire euphorique. Il lui rendit son sourire, mais, intérieurement, il pensa que ce serait plus sage de revenir au canot.

— Est-ce qu'on peut descendre jusqu'au bateau et entrer dedans ? demanda Alicia, la respiration entrecoupée.

Roland s'aperçut que les bras et les jambes de la jeune fille avaient la chair de poule.

— Pas aujourd'hui. Retournons au canot.

Alicia cessa de sourire en devinant une ombre d'inquiétude chez son ami.

— Quelque chose ne va pas, Roland ?

Il sourit calmement et fit non de la tête. Il ne voulait pas, en ce moment, lui parler des courants sous-marins de cinq degrés centigrades. Alors qu'Alicia nageait ses premières brasses vers le canot, il sentit soudain son cœur bondir dans sa poitrine. Une ombre obscure se déplaçait dans le fond de la baie, sous ses pieds. Alicia se retourna pour le regarder. Il lui fit signe de continuer sans s'arrêter et plongea la tête sous l'eau pour inspecter le fond.

Une silhouette noire, pareille à celle d'un grand poisson, nageait en ondoyant autour de la coque de l'*Orpheus*. Pendant une seconde, Roland pensa qu'il s'agissait d'un requin, mais un deuxième coup d'œil lui permit de comprendre son erreur. Il continua de nager derrière Alicia sans perdre de vue cette étrange forme qui paraissait les suivre. Elle serpentait dans l'ombre de la coque de l'*Orpheus*, sans s'exposer directement à la lumière. Tout ce qu'il pouvait distinguer, c'était un corps allongé qui ressemblait à un gros serpent, et une bizarre clarté vacillante qui l'enveloppait de reflets blafards. Il jeta un regard au canot et constata qu'il en était encore à plus de dix mètres. L'ombre sous ses pieds parut changer de direction. Roland scruta le fond et comprit que cette forme sortait à la lumière et, lentement, montait vers eux.

Priant pour qu'Alicia ne l'ait pas vue, il saisit la jeune fille par le bras et se mit à nager de toutes ses forces vers le canot. Alicia, alarmée, le dévisagea sans comprendre.

— Nage au canot ! Dépêche-toi ! cria Roland.

Alicia ne comprenait toujours pas ce qui se passait, mais le visage de Roland avait reflété une telle panique qu'elle ne prit pas le temps de réfléchir ou de discuter et lui obéit. Le cri de Roland alerta Max, qui observa que son ami et Alicia nageaient vers lui avec une énergie désespérée. Un instant plus tard, il aperçut l'ombre obscure qui montait sous l'eau.

— Mon Dieu ! murmura-t-il, tétanisé.

Dans l'eau, Roland poussa Alicia jusqu'à ce qu'il sente qu'elle avait touché la coque du canot. Max se précipita pour saisir sa sœur sous les aisselles et la tirer à lui. Alicia battit des palmes avec force et réussit à tomber sur Max dans le fond de l'embarcation. Roland respira profondément et s'apprêta à l'imiter. Max lui tendit la main depuis le plat-bord. Roland put lire sur le visage de son ami la terreur que lui produisait ce qu'il voyait derrière lui. Il sentit que sa main glissait le long de l'avant-bras de Max et eut le pressentiment qu'il ne sortirait pas de l'eau vivant. Lentement, une étreinte glacée lui enserra les jambes et, avec une force irrésistible, l'entraîna dans les profondeurs.

Surmontant les premiers instants de panique, Roland ouvrit les yeux et considéra la chose qui l'emportait dans l'obscurité du fond. Un instant, il crut être l'objet d'une hallucination. Ce qu'il voyait n'était pas une forme solide, mais une étrange silhouette formée de ce qui semblait être un liquide concentré à très haute densité. Il observa cette délirante sculpture d'eau qui changeait constamment de forme, et il tenta de se libérer de son étreinte mortelle.

La créature liquide se tordit, et le visage fantomatique qu'il avait vu en rêve, la tête de clown, se tourna vers lui. Le clown ouvrit une énorme gueule remplie de crocs longs et aiguisés comme des couteaux de boucher et ses yeux s'agrandirent pour atteindre la taille d'une soucoupe. Roland sentit qu'il manquait d'air. Cette créature, quelle qu'elle soit, pouvait modeler son apparence à sa guise et ses intentions étaient claires : elle l'attirait vers l'intérieur de l'épave. Pendant qu'il se demandait combien de temps il serait capable de retenir sa respiration avant de succomber et d'aspirer de l'eau, il s'aperçut qu'autour de lui la lumière avait disparu. Il était dans les entrailles de l'*Orpheus* et l'obscurité environnante était absolue.

Max avala sa salive en ajustant les lunettes de plongée et se prépara à sauter dans l'eau à la recherche de Roland. Il était conscient que sa tentative de le sauver était absurde. D'abord, il savait à peine plonger, et même dans le cas où il aurait su, il refusait d'imaginer ce qui arriverait si, une fois sous l'eau, l'étrange forme liquide qui avait attrapé Roland se jetait sur lui. Pourtant, il ne pouvait pas rester tranquillement assis dans le canot et laisser mourir son ami. Tandis qu'il enfilait ses palmes, son esprit lui suggéra mille explications rationnelles de ce qui venait de se passer. Roland avait eu une crampe, un changement de température de l'eau avait provoqué une embolie... N'importe quelle théorie valait mieux que d'accepter que la chose innommable ayant entraîné Roland dans les profondeurs était réelle.

Avant de plonger, il échangea un dernier regard avec Alicia. Sur le visage de sa sœur se lisait clairement la lutte entre la volonté de sauver Roland et la panique de voir son frère connaître le même sort. Avant que le bon sens ne les en dissuade tous les deux, Max s'enfonça dans les eaux cristallines de la baie. Sous ses pieds, la coque de l'*Orpheus* s'étendait jusqu'à ce que la vision se trouble. Il nagea à coups de palmes vers la proue du cargo, là où il avait vu se perdre pour la dernière fois la silhouette de Roland. À travers les fissures de la coque, il crut voir des lumières vacillantes qui semblaient venir d'une faible tache de clarté émanant de la brèche ouverte par les rochers vingt-cinq ans plus tôt. Il se dirigea vers cette ouverture. On eût dit que quelqu'un avait allumé des centaines de bougies dans les entrailles de l'*Orpheus*.

Quand il fut à la verticale de l'entrée du navire, il monta à la surface pour faire provision d'air et replongea aussitôt, sans s'arrêter avant d'avoir atteint la coque. Descendre ces dix mètres s'avéra plus difficile qu'il ne l'avait imaginé. À mi-parcours, il éprouva dans les oreilles une pression douloureuse qui lui fit craindre que ses tympans n'éclatent. Quand il arriva au courant froid, les muscles de tout son corps se tendirent comme des câbles d'acier et il dut battre des palmes de toutes ses forces pour éviter d'être entraîné comme une feuille morte. Il se cramponna avec force au bord de la coque et fit un effort pour calmer ses nerfs. Ses poumons le brûlaient et il se savait à un doigt de la panique. Il leva la tête vers la surface et vit la coque minuscule du canot, infiniment lointaine. Il comprit que, s'il n'agissait pas sur-le-champ, cela ne servirait à rien d'être descendu.

La clarté provenait apparemment des cales. Il suivit cette trace, qui révélait le spectacle fantomatique du cargo échoué et le faisait apparaître comme une macabre catacombe sous-marine. Il parcourut une coursive où des lambeaux de toile décomposée flottaient comme des méduses. Au bout de la coursive, il distingua une porte à demi ouverte derrière laquelle se cachait la source de cette lumière. Ignorant les caresses répugnantes de la toile pourrie sur sa peau, il tourna la poignée et tira de toute la force dont il était capable.

La porte donnait sur un des principaux compartiments de la cale. Au centre, Roland se débattait pour se libérer de l'étreinte de cette créature liquide qui avait adopté la forme du clown du jardin des statues. La lumière que Max avait vue émanait de ses yeux cruels et démesurément grands. Max fit irruption dans la cale. La créature leva la tête et le regarda. Il fut saisi de l'envie instinctive de fuir, mais la vision de son ami prisonnier l'obligea à affronter ce regard de rage folle. La créature changea de forme et il reconnut l'un des anges de pierre du cimetière.

Le corps de Roland cessa de se débattre et demeura inerte. La créature le lâcha. Sans attendre sa réaction, Max nagea jusqu'à son ami et le saisit par le bras. Roland avait perdu connaissance. Si Max ne le ramenait pas à la surface dans les secondes suivantes, il perdrait la vie. Il le tira jusqu'à la porte. À ce moment, la créature en forme d'ange et au visage de clown aux longs crocs se jeta sur lui en tendant deux griffes acérées. Max lança un coup de poing qui traversa la face de la créature. Ce n'était que du liquide, si froid que le seul contact avec la peau produisait une douleur cuisante. Une fois de plus, le docteur Caïn faisait étalage de ses tours de magie.

Max retira le bras, l'apparition s'évanouit, et sa lumière avec elle. Faisant appel au peu d'air qui lui restait, il traîna Roland par le couloir de la cale jusqu'à l'extérieur de la coque. Lorsqu'ils y furent, ses poumons paraissaient sur le point d'éclater. Incapable de retenir sa respiration une seconde de plus, il expulsa tout l'air qu'il avait conservé. Il agrippa le corps de Roland et battit des palmes jusqu'à la surface, persuadé qu'il allait, à son tour, perdre connaissance d'un moment à l'autre.

Les affres de ces derniers dix mètres de remontée lui parurent éternelles. Lorsque, finalement, il émergea, il éprouva comme une seconde naissance. Alicia se jeta à l'eau et les rejoignit. Max inspira profondément plusieurs fois en luttant contre la violente douleur qui lui brûlait la poitrine. Hisser Roland dans le canot ne fut pas facile, et Max vit qu'Alicia, en se démenant pour soulever le poids du corps sans vie, s'écorchait les bras contre le bois plein d'échardes du bord.

Quand ils eurent réussi à monter Roland dans le canot, ils l'allongèrent à plat ventre et exercèrent des pressions répétées sur son dos pour obliger ses poumons à expulser l'eau qu'ils avaient absorbée. Alicia, couverte de sueur et les bras ensanglantés, s'empara de ceux de

Roland et tenta de le forcer à respirer. Finalement, elle gonfla ses propres poumons à bloc, pinça les narines du garçon et insuffla énergiquement dans sa bouche tout l'air qu'elle avait en elle. Il lui fallut répéter cinq fois l'opération avant que le corps, agité d'une violente secousse, ne réagisse : il commença de recracher de l'eau de mer et fut pris de convulsions, pendant que Max essayait de l'immobiliser.

Roland finit par ouvrir les yeux et son teint jaune reprit lentement sa couleur naturelle. Max l'aida à se relever et à récupérer peu à peu sa respiration normale.

— Ça va, balbutia-t-il en levant une main pour tenter de rassurer ses amis.

Alicia laissa retomber ses bras et éclata en sanglots. Elle pleurait comme jamais Max ne l'avait vue le faire. Il attendit quelques minutes que Roland puisse se tenir de lui-même, prit les rames et mit le cap sur le rivage. Son ami le regardait en silence. Max lui avait sauvé la vie. Et il sut que ce regard désespéré et débordant de reconnaissance l'accompagnerait toujours.

Le frère et la sœur allongèrent Roland sur la couchette de la cabane de la plage, sous des couvertures. Ni l'un ni l'autre n'avait envie de parler de ce qui s'était passé, du moins pour l'instant. C'était la première fois que la menace du Prince de la Brume se faisait si douloureusement palpable, et il leur était difficile de trouver des mots exprimant l'inquiétude qu'ils ressentaient. Le bon sens leur dictait que mieux valait s'occuper des nécessités immédiates, et c'est ce qu'ils firent. Roland gardait dans sa cabane une boîte à pharmacie élémentaire, dont Max se servit pour désinfecter les plaies d'Alicia. Roland s'endormit au bout de quelques minutes. Alicia l'observait, les traits décomposés.

— Il va se remettre. Il est épuisé, c'est tout, dit Max.

Alicia regarda son frère.

— Et toi, alors ? Tu lui as sauvé la vie, dit-elle d'une voix qui trahissait ses nerfs à fleur de peau. Personne n'aurait été capable de faire ce que tu as fait, Max.

— Il aurait fait la même chose pour moi, dit Max, qui préférait éviter le sujet.

— Comment te sens-tu ? insista sa sœur.

— Tu veux la vérité ?

Alicia fit signe que oui.

— Je crois que je vais vomir, dit Max avec un sourire forcé. De toute ma vie, je n'ai jamais rien rencontré de plus abominable.

Alicia serra Max très fort contre elle. Il resta immobile, les bras ballants, sans savoir s'il s'agissait d'une effusion de tendresse fraternelle ou d'une expression de la terreur qu'elle avait éprouvée quelques minutes plus tôt, quand ils tentaient de réanimer Roland.

— Je t'aime, Max, lui murmura Alicia. Tu m'entends ?

Il garda le silence, perplexe. Alicia le libéra de son étreinte fraternelle et regarda vers la porte de la cabane en lui tournant le dos. Il comprit que sa sœur pleurait.

— Ne l'oublie jamais, petit frère, murmura-t-elle. Et maintenant, dors un peu. Je ferai de même.

— Si je m'endors maintenant, je n'arriverai plus à me relever, soupira Max.

Cinq minutes plus tard, les trois amis étaient profondément endormis dans la cabane de la plage, et rien au monde n'aurait pu les réveiller.

14.

Au crépuscule, Victor Kray s'arrêta à cent mètres de la maison de la plage dont les Carver avaient fait leur nouveau foyer. C'était dans cette même maison que la seule femme qu'il avait vraiment aimée, Eva Gray, avait donné naissance à Jacob Fleischmann. Revoir la façade blanche de la villa raviva en lui des blessures qu'il croyait cicatrisées pour toujours. Les lumières étaient éteintes et le lieu semblait vide. Victor Kray supposa que le frère et la sœur étaient encore au village avec Roland.

Le gardien du phare marcha jusqu'à la maison et franchit la clôture blanche qui l'entourait. La même porte, les mêmes fenêtres que celles dont il se souvenait parfaitement luisaient sous les derniers rayons du soleil. Le vieil homme traversa le jardinet jusqu'à l'arrière-cour et sortit dans le champ qui s'étendait au-delà. Au loin se dressait le bois et, à sa lisière, le jardin des statues. Cela faisait longtemps qu'il n'y était pas venu et il fit de nouveau halte pour l'observer, angoissé à l'idée de ce qui se cachait derrière ces murs.

Une brume dense se répandait en direction de la villa en passant à travers les barreaux noirs de la grille.

Victor Kray était effrayé et il se sentait vieux. La peur qui lui rongeait le cœur était la même que celle qu'il avait éprouvée des dizaines d'années auparavant dans les ruelles de ce faubourg industriel où il avait entendu pour la première fois la voix du Prince de la Brume. Aujourd'hui, au déclin de sa vie, cette boucle semblait se refermer et, à chaque nouvelle partie, le vieil homme sentait qu'il lui restait de moins en moins de cartes pour la mise finale.

Le gardien du phare avança d'un pas néanmoins ferme jusqu'à l'entrée du jardin des statues. Très vite, la brume qui émanait de l'intérieur lui monta jusqu'à la taille. Victor Kray glissa une main tremblante dans la poche de son manteau et en sortit son vieux revolver, qu'il avait dûment chargé avant de partir, et une lampe puissante. L'arme au poing, il s'enfonça dans l'enclos, alluma la lampe et éclaira l'intérieur du jardin. Le faisceau de lumière révéla un paysage insolite. Se croyant victime d'une hallucination, Victor Kray baissa son arme et se frotta les yeux. Quelque chose de grave s'était passé ou, en tout cas, rien ne correspondait à ce qu'il s'attendait à trouver. Il promena de nouveau le faisceau de la lampe dans la brume. Ce n'était pas une illusion : le jardin des statues était vide.

Le vieil homme s'approcha pour examiner, décontenancé, les socles désertés et nus. Pendant qu'il tentait de rétablir de l'ordre dans ses pensées, il perçut le grondement lointain d'une nouvelle tempête qui arrivait et leva les yeux vers l'horizon. Une couche menaçante de nuages obscurs et troubles se répandait comme une tache d'encre sur un bassin. Un éclair fendit le ciel en deux et l'écho d'un coup de tonnerre parvint à la côte, tel le roulement de tambour annonciateur d'une bataille. Victor Kray écouta les gémissements de la tempête qui se levait au large. Finalement, se souvenant d'avoir contemplé cette même vision à bord de l'*Orpheus* vingt-cinq ans auparavant, il comprit ce qui allait suivre.

Max se réveilla couvert d'une sueur froide et mit plusieurs secondes à comprendre où il était. Son cœur battait comme le moteur d'une vieille motocyclette. À quelques mètres de lui, il reconnut un visage familier : Alicia endormie contre Roland, et il se rappela qu'il était dans la cabane de la plage. Il aurait juré que son sommeil n'avait duré que quelques minutes, alors qu'en réalité il avait dormi près d'une heure. Il se leva en silence et sortit en quête d'air frais, tandis que se dissipaient dans sa tête les images d'un angoissant cauchemar d'asphyxie où Roland et lui restaient coincés dans la coque de l'*Orpheus*.

La plage était déserte et la marée haute avait entraîné le canot de Roland où le courant ne serait pas long à l'emporter au large : le frêle esquif se perdrait irrémédiablement dans l'immensité océane. Max alla jusqu'au bord et se passa de l'eau de mer fraîche sur la figure et les épaules. Puis il gagna le renfoncement formé par une petite crique et s'assit au milieu des rochers, les pieds dans l'eau, avec l'espoir de recouvrer le calme que le sommeil n'avait pu lui procurer.

Intuitivement, il devinait que derrière les événements des derniers jours se cachait une certaine logique. La sensation d'un danger imminent était palpable dans l'air et, en y réfléchissant bien, on pouvait tracer une ligne ascendante dans les apparitions du docteur Caïn. D'heure en heure, sa présence acquérait une force plus grande. Aux yeux de Max, tout cela faisait partie d'un mécanisme compliqué qui était en train d'assembler ses pièces une à une, toutes convergeant vers le même point central : l'obscur passé de Jacob Fleischmann. Cela commençait avec les visites énigmatiques au jardin des statues, dont témoignaient les films trouvés dans la remise, et aboutissait à cette créature indescriptible qui avait été, l'après-midi même, à deux doigts de leur ravir la vie.

Au vu de ce qui s'était passé ce jour-là, Max comprenait qu'il ne pouvait se permettre le luxe d'attendre une nouvelle rencontre avec le docteur Caïn pour agir : il fallait anticiper ses mouvements et tenter de savoir ce que serait son prochain pas. Pour Max, il n'y avait qu'une seule façon de le découvrir : suivre la piste que Jacob Fleischmann avait laissée des années auparavant dans ses films.

Sans se donner la peine de réveiller Alicia et Roland, il monta sur sa bicyclette et se dirigea vers la maison de la plage. Au loin, sur la ligne de l'horizon, un point obscur émergea du néant comme un nuage de gaz mortel. L'orage était en train de se former.

De retour dans la maison des Carver, Max engagea la bobine de pellicule sur l'axe du projecteur. La température avait ostensiblement baissé pendant le trajet à bicyclette et continuait de descendre. On entendait les premiers échos de l'orage entre les rafales irrégulières de vent qui frappaient les volets de la maison. Avant de projeter le film, Max monta l'escalier en hâte pour prendre des vêtements secs. La charpente vieillie de la maison craquait sous ses pieds et semblait accuser les coups de boutoir de la bourrasque. Pendant qu'il se changeait, il vit par la fenêtre de sa chambre que l'orage approchant couvrait le ciel d'une chape de noirceur, précédant de plusieurs heures la tombée de la nuit. Il s'assura que la fenêtre était bien fermée et redescendit dans le salon pour allumer le projecteur.

Une fois de plus, les images prirent vie sur le mur, et Max se concentra sur la projection. Dans ce film, la caméra parcourait un décor familier : les couloirs de la maison de la plage. Max reconnut l'intérieur de la pièce où il se trouvait en cet instant même. La décoration et les meubles étaient différents, et la maison offrait un aspect de luxe et d'opulence à l'objectif qui traçait lentement des cercles et montrait les murs et les fenêtres, comme si une trappe s'était ouverte dans le piège du temps pour permettre de visiter la maison dix ans plus tôt.

Après plusieurs minutes passées au rez-de-chaussée, le film transportait le spectateur à l'étage.

Arrivée sur le seuil du couloir, la caméra progressait jusqu'à la dernière porte, qui conduisait à la chambre occupée par Irina jusqu'à son accident. La caméra pénétrait dans la pièce plongée dans la pénombre. Elle était vide. La caméra s'arrêtait devant l'armoire dressée contre le mur.

Plusieurs secondes de pellicule défilèrent sans que rien ne se passe ni que la caméra enregistre le moindre mouvement dans la chambre inoccupée. Soudain, la porte de l'armoire s'ouvrait violemment et allait cogner le mur en battant sur ses gonds. Max fit un effort pour distinguer ce que l'on entrevoyait à l'intérieur. Il finit par voir émerger de l'ombre une main revêtue d'un gant blanc et portant un objet brillant suspendu à une chaîne. Il n'eut pas de peine à deviner la suite : le docteur Caïn sortait de l'armoire et souriait à la caméra.

Max reconnut l'objet rond que le Prince de la Brume tenait dans ses mains : c'était la montre que son père lui avait offerte et qu'il avait perdue à l'intérieur du tombeau de Jacob Fleischmann. Elle était désormais au pouvoir du mage, qui avait trouvé le moyen de se l'accaparer et de réduire son bien le plus précieux à la dimension fantasmatique des images en noir et blanc qui sortaient du vieux projecteur.

La caméra s'approcha de la montre. Max put voir nettement que les aiguilles remontaient le temps à une vitesse invraisemblable, jusqu'à ce qu'il devienne impossible de les distinguer. Bientôt, de la fumée et des étincelles jaillirent du cadran et, finalement, la montre prit feu. Fasciné, Max était incapable de détourner les yeux de la montre en flammes. Un instant plus tard, la caméra se déplaçait brusquement jusqu'au mur de la chambre et montrait une ancienne table de toilette au-dessus de laquelle on distinguait un miroir. La caméra s'en approchait et s'arrêtait pour révéler en toute clarté le reflet de celui qui la tenait.

Max eut un haut-le-corps : il se trouvait enfin face à celui qui avait tourné ces films des années plus tôt, dans cette même maison. Il pouvait reconnaître ce visage enfantin et souriant qui se filmait lui-même. Il avait des années de moins, mais les traits et le regard étaient les mêmes que ceux qu'il avait appris à connaître au cours des derniers jours : Roland.

La pellicule se bloqua dans le projecteur et l'image coincée devant la lentille fondit lentement sur le mur. Max éteignit le projecteur et serra les poings pour maîtriser le tremblement qui s'était emparé de ses mains. Jacob Fleischmann et Roland étaient une seule et même personne.

La lueur d'un éclair perça l'obscurité du salon durant une fraction de seconde et Max vit, derrière la fenêtre, quelqu'un qui frappait à la vitre en faisant des signes pour demander à entrer. Il alluma dans le salon et reconnut le visage cadavérique et terrorisé de Victor Kray qui, à en juger par son aspect, semblait avoir été victime d'une apparition. Max alla à la porte et fit entrer le vieil homme. Ils avaient beaucoup de choses à se dire.

15.

Max tendit une tasse de thé brûlant au gardien du phare et attendit qu'il se réchauffe.

Victor Kray grelottait. Max ne savait s'il devait attribuer cet état au vent froid qui précédait la tempête ou à la peur que le vieil homme paraissait désormais incapable de cacher.

— Que faisiez-vous dehors, à cette heure et dans ces parages, monsieur Kray ? demanda-t-il.

— Je suis allé dans le jardin des statues, répondit le vieil homme, recouvrant peu à peu son calme.

Victor Kray avala une gorgée de sa tasse de thé fumante et reposa celle-ci sur la table.

— Où est Roland, Max ? questionna-t-il nerveusement.

— Pourquoi voulez-vous le savoir ? répliqua Max sur un ton qui ne dissimulait pas les soupçons que lui inspirait le vieil homme à la lumière de ses dernières découvertes.

Le gardien du phare devina sa méfiance et se mit à agiter les mains comme s'il n'arrivait pas à trouver les mots pour exprimer ce qu'il voulait dire.

— Max, quelque chose de terrible va arriver cette nuit si nous ne faisons rien pour l'empêcher, dit-il finalement, conscient que son affirmation était peu convaincante. J'ai besoin de savoir où est Roland. Sa vie est en danger.

Max garda le silence et scruta le visage implorant du vieil homme. Il ne croyait pas un mot de ce que celui-ci venait de dire.

— Quelle vie, monsieur Kray ? Celle de Roland ou celle de Jacob Fleischmann ? lança-t-il pour juger de la réaction du gardien du phare.

Celui-ci ferma à demi les yeux et soupira, abattu :

— Je ne te comprends pas, Max.

— Moi, je crois que si. Je sais que vous m'avez menti, monsieur Kray, dit Max en fixant sur le visage du vieil homme un regard accusateur. Et je sais qui est en réalité Roland. Vous nous avez trompés dès le début. Pourquoi ?

Victor Kray se leva et alla à une fenêtre jeter un coup d'œil au-dehors, comme s'il attendait l'arrivée d'un visiteur. Un nouveau coup de tonnerre ébranla la maison de la plage. La tempête approchait rapidement de la côte et Max entendait le bruit des vagues qui rugissaient sur l'océan.

— Dis-moi où est Roland, Max, insista encore le vieil homme sans cesser de surveiller l'extérieur. Il n'y a pas de temps à perdre.

— Je ne sais pas si je peux vous faire confiance. Si vous voulez que je vous aide, il faudra d'abord me dire la vérité, exigea Max, qui refusait que le gardien du phare le laisse une fois de plus dans l'imprécision.

Celui-ci se retourna et le dévisagea avec sévérité. Max soutint son regard sans ciller, montrant qu'il n'était absolument pas intimidé. Victor Kray parut comprendre la situation et, vaincu, se laissa choir dans un fauteuil.

— Très bien, Max. Je te dirai la vérité, puisque c'est ce que tu veux.

Max s'assit face à lui et acquiesça, prêt à l'écouter de nouveau.

— Presque tout ce que je vous ai raconté l'autre jour au phare est vrai, commença le vieil homme. Mon ancien ami Fleischmann avait promis au docteur Caïn de lui livrer son premier enfant en échange de l'amour d'Eva Gray. Un an après le mariage, alors que j'avais perdu tout contact avec le couple, Fleischmann a commencé à recevoir les visites du docteur Caïn, qui lui rappelait la nature de leur pacte. Il a tenté par tous les moyens d'éviter cet enfant, au point d'en arriver à détruire son ménage. Après le naufrage de l'*Orpheus*, je me suis senti dans l'obligation de leur écrire pour leur dire qu'ils étaient libérés de la condamnation qui les avait rendus malheureux pendant des années. Je croyais que la menace du docteur Caïn était restée ensevelie à jamais au fond de la mer. Ou, en tout cas, j'ai été assez fou pour m'en convaincre moi-même. Fleischmann, qui se sentait coupable et en dette envers moi, prétendait que nous devions tous les trois, Eva, lui et moi, être de nouveau unis, comme dans nos années d'université. C'était absurde, bien sûr. Trop de choses étaient advenues entre-temps. Pourtant, il a eu ce caprice de faire construire la maison de la plage, dont le toit devait abriter, peu de temps après, la naissance de son fils Jacob. Le petit a été reçu comme une bénédiction du ciel et leur a rendu à tous deux la joie de vivre. Ou du moins était-ce ce qu'il semblait, car dès sa naissance j'ai su que quelque chose se préparait. La nuit même, j'ai revu en rêve le docteur Caïn. Tandis que l'enfant grandissait, Fleischmann et Eva, aveuglés par leur joie, étaient incapables de reconnaître la menace qui planait sur eux. Ils faisaient tout pour assurer le bonheur de leur fils et satisfaire ses caprices. Il n'y a jamais eu sur cette terre d'enfant aussi gâté et adulé que Jacob Fleischmann. Pourtant, peu à peu, les indices de la présence de Caïn se sont faits plus palpables. Un jour, alors qu'il avait cinq ans, Jacob s'est perdu en jouant dans l'arrière-cour. Fleischmann et Eva l'ont cherché désespérément des heures durant, mais il n'y avait aucun signe de lui. À la tombée de la nuit, Fleischmann a pris une lanterne et est entré dans le bois, craignant que le petit ne se soit égaré dans son épaisseur et n'ait eu un accident. Fleischmann se souvenait que six ans plus tôt, quand la maison avait été construite, existait à la lisière du bois un petit enclos fermé et vide, dont on disait qu'il avait été au début du siècle un chenil, abandonné depuis. C'était le lieu où l'on enfermait les animaux destinés à être abattus. Cette nuit-là, une intuition a conduit Fleischmann à penser que peut-être l'enfant y était entré et restait là, pris au piège. Son pressentiment était justifié. Mais ce n'est pas seulement son fils qu'il a trouvé dans l'enclos.

» Cet enclos, demeuré désert durant des années, était maintenant peuplé de statues. Jacob était là, en train de jouer au milieu des figures, quand son père l'a retrouvé et ramené à la maison. Quelques jours plus tard, Fleischmann est venu me voir au phare et m'a raconté ce qui s'était passé. Il m'a fait jurer que si quelque chose lui arrivait, je m'occuperais de l'enfant. Ce n'était que le début. Fleischmann cachait à sa femme les incidents inexplicables qui se succédaient autour du garçon, mais, au fond de lui-même, il comprenait qu'il n'y avait pas d'échappatoire et que, tôt ou tard, Caïn reviendrait chercher ce qui lui appartenait.

— Que s'est-il passé la nuit où Jacob s'est noyé ? l'interrompit Max, devinant la réponse mais avec néanmoins l'espoir que les paroles du vieil homme lui prouveraient que ses craintes étaient infondées.

Victor Kray baissa la tête et prit quelques secondes avant de répondre.

— Un 23 juin, c'est-à-dire la même date qu'aujourd'hui et que celle où l'*Orpheus* a coulé, une terrible tempête s'est abattue sur la mer. Les pêcheurs ont couru consolider l'ancrage de leurs bateaux et les gens du village ont fermé hermétiquement portes et fenêtres, tout comme ils l'avaient fait jadis, lors de la nuit du naufrage. Sous la tempête, le village s'est transformé en une agglomération fantôme. J'étais dans le phare et une terrible intuition m'a assailli : l'enfant était en danger. J'ai traversé les rues désertes et suis venu ici le plus vite possible. Jacob était sorti de la maison et marchait sur la plage, vers le bord, là où les vagues se brisaient avec fureur. Une violente averse tombait et la visibilité était presque nulle, mais j'ai pu entrevoir une silhouette brillante qui émergeait de l'eau et tendait vers l'enfant deux longs bras en forme de tentacules. Jacob avançait, comme hypnotisé par cette créature liquide que je discernais à peine dans l'obscurité. C'était Caïn, j'en étais sûr, mais on eût dit que toutes ses identités s'étaient d'un coup fondues en une forme continuellement changeante… J'ai beaucoup de mal à décrire ce que j'ai vu…

— J'ai vu cette forme, l'interrompit Max, en épargnant au vieil homme les descriptions de la créature que lui-même avait aperçue à peine quelques heures plus tôt. Continuez.

— Je me suis demandé pourquoi Fleischmann et sa femme n'étaient pas là pour tenter de sauver leur enfant, et j'ai regardé vers la maison. Une bande de personnages de cirque qui semblaient avoir des corps de pierre, mais mobiles, les retenait sous le porche.

— Les statues du jardin.

Le vieil homme confirma.

— À cet instant, je n'ai pensé qu'à une chose : sauver l'enfant. Cette créature l'avait pris dans ses bras et l'entraînait vers le large. Je me suis jeté contre elle et je l'ai traversée. L'énorme silhouette liquide s'est évanouie dans l'obscurité. Jacob avait coulé. J'ai plongé plusieurs fois avant de trouver le corps dans l'obscurité et j'ai pu le saisir pour le ramener à la surface. Je l'ai traîné jusqu'au sable, loin des vagues, et j'ai essayé de le ranimer. Les statues avaient disparu en même temps que Caïn. Fleischmann et Eva ont couru ensemble vers moi pour porter secours à l'enfant, mais quand ils sont arrivés, il n'avait plus de pouls. Nous l'avons porté à l'intérieur de la maison et nous avons tout tenté ; inutilement. L'enfant était mort. Fleischmann était hors de lui. Il est sorti dans la tourmente en hurlant qu'il offrait sa vie à Caïn en échange de celle de son fils. Quelques minutes plus tard, inexplicablement, Jacob a ouvert les yeux. Il était en état de choc. Il ne nous reconnaissait pas et ne paraissait même pas se souvenir de son nom. Eva a habillé l'enfant et l'a porté en haut, où elle l'a mis au lit. Quand elle est descendue un moment plus tard, elle est venue à moi et, très calmement, elle m'a dit que si Jacob restait avec eux, sa vie serait toujours en danger. Elle m'a demandé de le prendre en charge et de l'élever comme s'il était mon propre fils, celui que nous aurions pu avoir ensemble si le destin avait emprunté une autre direction. Fleischmann n'a pas osé revenir dans la maison. J'ai accepté ce qu'Eva me demandait et j'ai pu voir dans ses yeux qu'elle renonçait à la seule chose qui avait donné un sens à sa vie. Le lendemain, j'ai pris l'enfant avec moi. Je n'ai plus jamais revu les Fleischmann.

Victor Kray marqua une longue pause. Max eut l'impression que le vieil homme essayait de retenir ses larmes, mais il cachait son visage derrière ses mains blanches et ridées.

— J'ai su un an plus tard que Fleischmann était mort d'une étrange infection due à la morsure d'un chien errant. Et aujourd'hui encore, je ne sais pas si Eva Gray est toujours vivante, quelque part dans le pays.

Max examina les traits ravagés du vieil homme et supposa qu'il l'avait mal jugé, même s'il eût préféré continuer de le considérer comme un menteur et ne pas avoir à affronter tout ce que ses dernières paroles mettaient en évidence.

— Vous avez inventé l'histoire des parents de Roland, et vous avez même inventé son nom... conclut-il.

Kray acquiesça, avouant ainsi, devant un gamin de treize ans qu'il avait vu à peine deux ou trois fois, ce qui était le plus grand secret de sa vie.

— Donc, Roland ne sait pas qui il est réellement ?

Le vieil homme confirma en hochant la tête à plusieurs reprises. Max vit que, finalement, il y avait des larmes de rage dans ses yeux fatigués de tant d'années passées à monter la garde du haut du phare.

— Mais alors, qui est enterré dans la tombe de Jacob Fleischmann au cimetière ?

— Personne. Ce tombeau n'a jamais été construit et il n'y a jamais eu d'enterrement. Celui que tu as vu l'autre jour est apparu dans le cimetière du village dans la semaine qui a suivi la tempête. Les gens croient que Fleischmann l'a fait édifier pour son fils.

— Je ne comprends pas, répliqua Max. Si ce n'est pas Fleischmann, qui donc, alors, et pourquoi ?

Victor sourit amèrement.

— Caïn, finit-il par répondre. Caïn l'a placé là et, depuis lors, il le réserve pour Jacob.

— Mon Dieu, murmura Max, comprenant qu'il avait probablement perdu un temps précieux en obligeant le vieil homme à confesser toute la vérité. Mon Dieu, il faut sortir tout de suite Roland de la cabane.

Le battement des vagues se brisant sur la plage réveilla Alicia. La nuit était tombée et, à en juger par l'intense crépitement de la pluie sur le toit, un gros orage avait éclaté sur la baie pendant qu'ils dormaient. Elle se leva, encore engourdie, et constata que Roland était toujours étendu sur la couchette. Il murmurait dans son sommeil des paroles inintelligibles. Max n'était pas là. Elle supposa qu'il était dehors, en train de contempler la pluie tombant sur la mer : elle savait que la pluie le fascinait. Elle alla à la porte et l'ouvrit pour jeter un coup d'œil sur la plage.

Une épaisse brume bleutée rampait de la mer jusqu'à la cabane, tel un spectre aux aguets. Alicia entendit, provenant de son sein, les chuchotements de douzaines de voix. Elle referma la porte et s'y adossa, décidée à ne pas se laisser emporter par la panique. Roland, réveillé en sursaut par le claquement de la porte, ouvrit les yeux et se leva laborieusement, sans très bien comprendre comment il était arrivé là.

— Que se passe-t-il ? parvint-il à murmurer.

Alicia ouvrit les lèvres pour répondre, mais quelque chose l'arrêta. Roland contemplait, stupéfait, une brume dense qui s'infiltrait par toutes les jointures de la cabane et enveloppait Alicia. La jeune fille cria. La porte contre laquelle elle s'était appuyée, arrachée de ses gonds par une force invisible, fut projetée vers l'extérieur. Roland bondit de la couchette et courut vers Alicia, qui déjà s'éloignait en direction de la mer, prise dans une griffe formée par la brume vaporeuse. Une forme s'interposa. Roland reconnut le spectre liquide qui l'avait entraîné dans les profondeurs. Le visage féroce du clown s'illumina.

— Bonsoir, Jacob, murmura la voix à travers les lèvres gélatineuses. Le moment est venu de nous amuser un peu.

Roland frappa la forme liquide. La silhouette de Caïn se désintégra dans l'air, laissant tomber dans le vide des litres et des litres d'eau. Il se précipita au-dehors et reçut de plein fouet la violence de la tourmente. Une immense coupole d'épais nuages pourpres s'était formée au-dessus de la baie. De son sommet, un éclair aveuglant tomba sur un des pics de la falaise et pulvérisa des tonnes de roche, dispersant une pluie de débris incandescents sur la plage.

Alicia criait en se débattant pour se libérer de l'étreinte mortelle qui l'emprisonnait. Roland courut sur les galets jusqu'au rivage. Il tenta d'atteindre sa main, mais une terrible secousse de la mer le jeta à terre. Lorsqu'il se releva, toute la baie tremblait sous ses pieds et il entendit un monstrueux rugissement qui paraissait monter des profondeurs. Le garçon recula de quelques pas, luttant pour garder son équilibre. Une gigantesque forme lumineuse émergea du fond de l'océan en soulevant à la surface des vagues de plusieurs mètres de haut. Au centre de la baie, Roland reconnut la silhouette d'un mât qui surgissait des eaux. Lentement, devant ses yeux incrédules, la coque de l'*Orpheus* remonta pour flotter sur la mer, enveloppée d'un halo spectral.

Sur le pont, Caïn, drapé dans sa cape, leva une canne en argent vers le ciel, et un nouvel éclair tomba sur lui, nimbant d'une lumière éblouissante toute la coque de l'*Orpheus*. L'écho du rire cruel du mage se répandit sur la baie, tandis que la griffe fantomatique laissait tomber Alicia à ses pieds.

— C'est toi que je veux, Jacob, chuchota la voix de Caïn dans l'esprit de Roland. Si tu ne veux pas qu'elle meure, viens la chercher…

16.

Max pédalait sous la pluie quand le flamboiement de l'éclair le prit à l'improviste, lui révélant le spectacle de l'*Orpheus* ressurgi des profondeurs et baignant dans une luminosité hypnotique qui émanait du métal même de sa coque. Le vieux cargo de Caïn naviguait de nouveau sur les flots furieux de la baie. Max pédala à perdre haleine, affolé à l'idée d'arriver trop tard. Il avait laissé en arrière le vieux gardien du phare qui était dans l'impossibilité de tenir le même rythme. Parvenu à la lisière de la plage, il sauta de sa bicyclette et courut vers la cabane de Roland. Il découvrit que la porte avait été arrachée et aperçut sur le rivage la silhouette paralysée de son ami. Ce dernier regardait, fasciné, le cargo fantôme qui fendait la houle. Max remercia le ciel et courut le serrer dans ses bras.

— Tu vas bien ? cria-t-il contre le vent qui fouettait la plage.

Roland lui retourna un regard de panique, pareil à celui d'un animal blessé incapable d'échapper à son prédateur. Max retrouva le visage de l'enfant qui avait tenu la caméra devant le miroir, et un frisson le parcourut.

— Il a pris Alicia, finit par prononcer Roland.

Max savait que son ami ne pouvait saisir ce qui se passait réellement, et il comprit que tenter de le lui expliquer ne ferait que compliquer la situation.

— Quoi qu'il arrive, dit-il, éloigne-toi de lui. Tu m'entends ? Éloigne-toi de Caïn.

Roland ignora l'injonction et s'avança dans l'eau jusqu'à la ceinture. Max le retint, mais Roland, plus fort, se dégagea facilement et le repoussa violemment avant de se mettre à nager.

— Attends ! cria Max. Tu ne sais pas ce qui se passe. C'est toi qu'il cherche !

— Je le sais déjà, répliqua Roland sans lui donner le temps de prononcer un mot de plus.

Max vit son ami plonger dans les vagues et émerger quelques mètres plus loin, nageant vers l'*Orpheus*. La partie prudente de son être le suppliait de retourner en courant à la cabane et de se cacher sous le lit jusqu'à ce que tout soit terminé. Comme toujours, ce fut l'autre partie qu'il écouta, et il se lança derrière son ami avec la certitude que, cette fois, il ne reviendrait pas vivant sur le rivage.

Les longs doigts de Caïn engoncés dans un gant se fermèrent sur le poignet d'Alicia comme une tenaille. La jeune fille sentit que le mage la tirait pour la traîner sur le pont glissant de l'*Orpheus*. Elle tenta de se libérer en se débattant de toutes ses forces. Caïn se retourna et, la soulevant en l'air sans le moindre effort, approcha son visage à quelques centimètres du sien, à tel point que la jeune fille put voir ses yeux brûlants de rage se dilater et changer de couleur, passant du bleu à l'or.

— Je ne te le dirai pas deux fois, menaça le mage d'une voix métallique dont toute vie était absente. Ou tu te tiens tranquille, ou tu t'en repentiras. Compris ?

Le mage augmenta douloureusement la pression de ses doigts. Alicia eut peur que Caïn finisse par lui pulvériser les os du poignet comme s'ils étaient en argile. Elle comprit qu'il était inutile de résister et acquiesça nerveusement. Caïn desserra l'étau et sourit. Un sourire où n'entrait ni compassion ni gentillesse, seulement de la haine. Il la lâcha et elle retomba sur le pont. Son front heurta violemment le métal. Elle passa la main dessus et sentit la douleur cuisante d'une plaie ouverte par la chute. Sans lui laisser un instant de répit, Caïn l'attrapa de nouveau par son bras meurtri et l'entraîna vers les entrailles du cargo.

— Relève-toi, ordonna-t-il en la poussant dans une coursive qui, derrière la passerelle de commandement de l'*Orpheus*, conduisait aux cabines.

Les cloisons étaient noircies, couvertes de rouille et d'une couche visqueuse d'algues noirâtres. Une eau boueuse stagnait à l'intérieur du cargo, et il s'en dégageait une vapeur nauséabonde. Des dizaines de débris flottaient au gré des mouvements du bateau dans la houle. Le docteur Caïn attrapa Alicia par les cheveux et ouvrit la porte d'une cabine. Un nuage de gaz et d'eau putride retenus prisonniers pendant vingt-cinq ans satura l'atmosphère. Alicia retint sa respiration. Le mage, en la tirant toujours par les cheveux, la traîna à l'intérieur.

— La plus belle suite du bateau, ma chérie. La cabine du capitaine pour mon invitée d'honneur. Profite bien de la compagnie.

Après l'avoir violemment poussée, il partit en refermant la porte. Alicia tomba à genoux et chercha à tâtons un point d'appui sur la cloison. La cabine était pratiquement plongée dans l'obscurité et seule une faible clarté émanait d'un étroit hublot que les années passées sous l'eau avaient recouvert d'une épaisse croûte à demi transparente d'algues et de déchets organiques. Les coups de tangage répétés du bateau pris dans la tempête l'envoyaient valser contre les cloisons. Elle se cramponna à un tuyau rouillé et scruta la pénombre en luttant pour ne pas laisser la puanteur pénétrante qui régnait dans ce réduit envahir son esprit. Il fallut à ses yeux plusieurs minutes pour s'adapter et lui permettre d'examiner la cellule que Caïn lui avait réservée. La seule issue visible était la porte qu'il avait fermée en partant. Elle chercha désespérément une barre de métal ou un objet contondant pour essayer de la forcer, mais elle ne trouva rien. Tandis qu'elle tâtonnait à la recherche d'un moyen de se libérer, ses mains frôlèrent quelque chose qui était appuyé contre la cloison. Elle s'en écarta avec un frisson. Les restes méconnaissables du capitaine de l'*Orpheus* s'effondrèrent devant elle, et elle comprit ce qu'avait voulu dire Caïn en parlant de *compagnie*. Le vieux Hollandais volant avait connu une triste fin. Le fracas de la mer et de la tempête avait recouvert ses cris.

À chaque mètre que gagnait Roland en nageant vers l'*Orpheus*, l'océan en furie l'entraînait sous l'eau et le renvoyait à la surface, sur la crête d'une vague qui l'enveloppait d'un tourbillon d'écume dont il ne pouvait combattre la violence. Devant lui, le bateau était livré aux assauts de l'énorme houle que la tempête projetait contre sa coque.

À mesure qu'il approchait du cargo, il lui était de plus en plus difficile de contrôler la direction où l'entraînait le courant, et il craignit qu'un coup de houle plus brutal que les autres ne le projette contre la coque et ne lui fasse perdre connaissance. Dans ce cas, la mer l'engloutirait voracement et il ne reviendrait jamais à la surface. Il plongea pour éviter la vague qui arrivait sur lui et, en remontant, il constata qu'elle filait vers la côte en formant une vallée d'eau trouble et agitée.

L'*Orpheus* se dressait à moins d'une douzaine de mètres de lui et, en voyant le mur d'acier nimbé d'une lumière incandescente, il sut qu'il lui serait impossible de grimper jusqu'au pont. Le seul chemin était la brèche qui avait provoqué le naufrage vingt-cinq ans plus tôt. Celle-ci, se trouvant sur la ligne de flottaison, apparaissait et disparaissait à chaque passage d'une vague. Les lambeaux d'acier qui entouraient la gueule noire de la déchirure ressemblaient aux dents d'un grand animal marin. La seule idée de s'introduire dans ce piège terrorisait Roland, mais c'était sa seule chance d'atteindre Alicia. Il lutta pour ne pas être entraîné par la vague suivante et, une fois la crête passée par-dessus sa tête, il se jeta dans l'ouverture de la coque et pénétra comme une torpille humaine dans les ténèbres.

Victor Kray traversa hors d'haleine les herbes sauvages qui séparaient le chemin du phare de la baie. La violence de la pluie et du vent freinait sa progression comme des mains invisibles s'acharnant à l'écarter. Quand il eut réussi à gagner la plage, l'*Orpheus* se dressait au centre de la baie, naviguant directement vers la falaise et enveloppé d'un halo de lumière surnaturelle. La proue du bateau fendait la houle qui balayait le pont en soulevant un nuage d'écume blanche à chaque nouvel assaut de l'océan. L'ombre du désespoir s'abattit sur lui : ses pires craintes s'étaient réalisées et il avait échoué ; les années avaient affaibli son intelligence, et le Prince de la Brume, une fois de plus, l'avait pris au piège. Il demandait seulement au ciel qu'il ne soit pas trop tard pour sauver Roland du sort que le mage lui réservait. En cet instant, Victor Kray aurait donné sa vie avec joie si cela pouvait procurer à Roland une chance, si mince fût-elle, d'en réchapper. Pourtant, une obscure prémonition lui disait qu'il avait failli à la promesse faite jadis à la mère de l'enfant.

Il alla à la cabane de Roland, avec le vain espoir de l'y trouver. Il n'y avait pas de traces de Max ni de la jeune fille, et la vision de la porte abattue sur la plage lui fit augurer le pire. Pourtant une étincelle d'espoir s'alluma en lui quand il vit qu'il y avait de la lumière à l'intérieur. Le gardien du phare se précipita vers l'entrée en criant le nom de Roland. La figure d'un lanceur de couteaux en pierre, blafarde mais vivante, sortit à sa rencontre.

— Il est un peu tard pour te lamenter, grand-père, dit-elle d'une voix que le vieil homme reconnut comme celle de Caïn.

Victor Kray fit un pas en arrière, mais il y avait quelqu'un dans son dos et, avant qu'il ait pu réagir, il sentit un coup sec sur la nuque. Puis il sombra dans le noir.

Max vit Roland pénétrer à l'intérieur de l'*Orpheus* par la brèche dans la coque, et il sentit que ses forces fléchissaient à chaque nouvel assaut des vagues. Il n'était pas un nageur comparable à Roland et il lui serait difficile de se maintenir longtemps à flot au milieu de cette tempête s'il ne trouvait pas un moyen de monter à bord du cargo. Mais il avait aussi de plus en plus la certitude du danger qui les attendait dans les entrailles du bateau, et chaque minute qui passait rendait plus évident le fait que le mage les attirait sur son terrain comme des mouches sur du miel.

Après avoir entendu un fracas assourdissant, il vit qu'un énorme mur d'eau se soulevait derrière la poupe de l'*Orpheus* et s'en approchait à toute vitesse. En quelques secondes, l'impact de la vague entraîna le bateau jusqu'à la falaise. L'avant s'incrusta dans les rochers, provoquant une violente secousse dans toute la coque. Le mât qui portait les feux de signalisation de la passerelle de commandement s'écroula sur le côté, et son extrémité tomba à quelques mètres de Max, qui s'enfonça dans l'eau.

Il nagea laborieusement jusque-là, se cramponna au mât et s'accorda une pause de quelques secondes pour reprendre son souffle. Quand il leva les yeux, il vit que le mât abattu formait un pont jusqu'à la proue du bateau. Avant qu'une nouvelle vague ne vienne l'arracher et l'emporter pour toujours, Max commença à grimper vers l'*Orpheus*, sans se rendre compte que, appuyé sur la lisse de tribord, une silhouette l'attendait, immobile.

La force du courant propulsa Roland dans la cale inondée de l'*Orpheus*, et le garçon se protégea le visage avec les bras pour éviter les coups qu'il recevait des débris du naufrage. Il fut ainsi ballotté par les mouvements de l'eau jusqu'à ce qu'une secousse le projette contre la paroi, où il put s'accrocher à une échelle métallique conduisant à la partie supérieure du bateau.

Il grimpa le long de l'étroite échelle et se faufila par une écoutille débouchant dans l'obscurité de la salle des machines qui abritait les moteurs détruits de l'*Orpheus.* Il passa au milieu de ce qui restait de la machinerie pour monter sur le pont. Une fois là, il traversa en courant la cursive des cabines pour arriver jusqu'à la passerelle de commandement. Avec une sensation étrange, il reconnaissait chaque coin de la salle et tous les objets qu'il avait si souvent contemplés en plongeant. Depuis ce poste d'observation, Roland avait une vision complète du pont avant de l'*Orpheus*, dont les vagues balayaient la surface avant d'aller s'écraser contre la passerelle. Subitement, il sentit que l'*Orpheus* était projeté en avant avec une force irrésistible et il vit, stupéfait, la falaise émerger de l'ombre devant la proue du bateau. Le choc contre les rochers n'était plus qu'une question de secondes.

Il se hâta de se cramponner à la roue de la barre, mais ses pieds glissèrent sur la pellicule d'algues qui couvrait le plancher. Il roula sur plusieurs mètres avant d'aller heurter un ancien appareil de radio, et son corps ressentit la terrible vibration de l'impact de la coque contre la falaise. Quand le pire fut passé, il se releva et entendit un son proche, une voix humaine dans le fracas de la tempête. Le son se répéta, et il le reconnut : c'était Alicia qui appelait à l'aide quelque part dans le bateau.

Les dix mètres que Max eut à franchir en grimpant le long du mât jusqu'au pont de l'*Orpheus* lui en parurent plus de cent. Le bois était pratiquement pourri et si hérissé d'échardes que, quand il parvint enfin à la lisse du cargo, ses bras et ses jambes étaient criblés de petites plaies dont il ressentait violemment les brûlures. Il jugea plus prudent de ne pas s'arrêter à examiner ses blessures et tendit une main vers la rambarde métallique.

Après s'y être solidement accroché, il sauta lourdement sur le pont, où il s'étala de tout son long. Une forme obscure passa devant lui. Il leva les yeux avec l'espoir de voir Roland. La silhouette de Caïn déploya sa cape et lui montra un objet brillant qui se balançait au bout d'une chaîne. Max reconnut sa montre.

— C'est ça que tu cherches ? demanda le mage en s'agenouillant près du garçon et en promenant sous ses yeux la montre qu'il avait perdue dans le tombeau de Jacob Fleischmann.

— Où est Jacob ? questionna Max, ignorant la grimace moqueuse plaquée sur le visage de Caïn comme un masque de cire.

— C'est une bonne question, et ton aide me sera précieuse pour y répondre.

Caïn referma sa main sur la montre et Max entendit le craquement du métal. Quand le mage montra de nouveau sa paume ouverte, il ne restait plus du cadeau paternel qu'un amas méconnaissable de ressorts et d'écrous écrasés.

— Le temps, mon cher Max, n'existe pas ; c'est une illusion. Même ton ami Copernic aurait pu le deviner si, justement, il en avait eu le temps. Ironique, n'est-ce pas ?

Max calcula mentalement les possibilités qu'il avait de sauter par-dessus bord et d'échapper au mage. Le gant blanc de Caïn lui serra la gorge sans même lui laisser le temps d'un soupir.

— Qu'est-ce que vous allez faire de moi ? gémit Max.

— Qu'est-ce que tu ferais de toi si tu étais à ma place ?

Max sentit l'étreinte mortelle de Caïn lui couper la respiration.

— Ça aussi, c'est une bonne question, tu ne trouves pas ?

Le mage laissa Max retomber sur le pont. Le choc de son corps contre le métal rouillé lui voila la vue pendant plusieurs secondes et il fut pris d'une violente nausée.

— Pourquoi poursuivez-vous Jacob ? balbutia Max, essayant de gagner du temps pour Roland.

— Les affaires sont les affaires, Max. Moi, j'ai rempli ma part du contrat.

— Mais quelle importance peut avoir pour vous la vie d'un garçon ? D'ailleurs, vous vous êtes déjà vengé en tuant le docteur Fleischmann, non ?

Le visage du docteur Caïn s'éclaira comme si Max venait de formuler la question à laquelle il souhaitait répondre depuis le début de leur dialogue.

— Quand on ne rembourse pas un prêt, il faut payer des intérêts. Mais ça n'annule pas la dette. C'est ma règle, siffla la voix du mage. Et c'est ce qui me nourrit. La vie de Jacob et celle de beaucoup d'autres comme lui. Sais-tu depuis combien d'années je parcours le monde, Max ? Sais-tu combien de noms j'ai portés ?

Max hocha la tête négativement en rendant grâce à chaque seconde que le mage perdait en lui parlant.

— Dites-le-moi, répondit-il dans un filet de voix, feignant une admiration terrifiée devant son interlocuteur.

Caïn sourit, euphorique. À ce moment se produisit ce que Max avait redouté. Dans le fracas de la tempête résonna la voix de Roland qui appelait Alicia. Max et le mage échangèrent un regard : ils l'avaient entendue tous les deux. Le sourire disparut du visage de Caïn, qui recouvra rapidement sa face sinistre de prédateur affamé et sanguinaire.

— Très malin, murmura-t-il.

Il déploya une main et Max vit, pétrifié, chaque doigt se transformer en une longue aiguille. À quelques mètres de là, Roland cria de nouveau. Profitant de ce que Caïn se retournait, Max se précipita vers la lisse du cargo. La griffe du mage se referma sur sa nuque et le fit lentement tourner, jusqu'à ce qu'il se retrouve face au Prince de la Brume.

— Dommage que ton ami ne soit pas la moitié aussi habile que toi, crachèrent les lèvres du mage. Je devrais peut-être passer un pacte avec toi. Ce sera pour un autre jour. Au revoir, Max. J'espère que tu as appris à plonger depuis la dernière fois.

Avec la force d'une locomotive, le mage lança Max en l'air pour le renvoyer dans la mer. Le corps du garçon décrivit un arc de plus de dix mètres et retomba dans la houle en s'enfonçant dans le puissant courant glacé. Max lutta pour remonter à la surface et battit des bras et des jambes de toutes ses forces pour échapper à la succion mortelle qui l'entraînait vers l'obscurité des profondeurs. Nageant en aveugle, il sentit que ses poumons étaient sur le point d'éclater et finit par émerger à quelques mètres des rochers. Il prit un grand bol d'air et, se débattant pour garder la tête hors de l'eau, il réussit à ce que les vagues le portent peu à peu jusqu'au bord de la paroi rocheuse ; là, il parvint à s'agripper à un saillant d'où il put ensuite grimper pour se mettre à l'abri. Les arêtes aiguës des rochers lui mordirent la peau et il sentit s'ouvrir de nouvelles petites blessures sur ses membres tellement tuméfiés par le froid que c'est à peine si elles lui faisaient mal. Luttant contre l'évanouissement, il monta encore de quelques mètres pour trouver une anfractuosité hors de portée des vagues. Alors seulement, il put s'allonger sur la pierre dure et découvrir que la terreur qu'il éprouvait encore le rendait incapable de réaliser qu'il était toujours en vie.

17.

La porte de la cabine s'ouvrit lentement et Alicia, recroquevillée dans le coin le plus sombre, resta immobile et retint sa respiration. L'ombre du Prince des Ténèbres se découpa sur le seuil et ses yeux luisants comme des braises changèrent de couleur, passant de l'or au rouge profond. Caïn entra dans la cabine et s'approcha d'elle. Alicia lutta pour dissimuler le tremblement qui l'agitait et fit face au visiteur avec un regard de défi. Le mage eut un sourire féroce devant une telle démonstration d'arrogance.

— Ça doit être de famille. Vous avez tous une vocation de héros, commenta-t-il aimablement. Vous commencez à me plaire.

— Qu'est-ce que vous voulez ? dit Alicia, en mettant dans sa voix mal assurée tout le mépris qu'elle pouvait rassembler.

Caïn parut considérer la question et ôta ses gants sans hâte. Alicia vit que ses ongles étaient longs et affilés comme la lame d'une dague. Il en pointa un vers elle.

— Ça dépend. Qu'est-ce que tu me suggères ?

proposa-t-il doucement, sans quitter des yeux le visage d'Alicia.

— Je n'ai rien à vous donner, répliqua-t-elle en lançant un regard furtif vers la porte ouverte de la cabine.

Caïn, devinant ses intentions, fit non de l'index.

— Ça ne serait pas une bonne idée. Revenons plutôt à ce qui nous occupe. Pourquoi ne passerions-nous pas un traité ? Une entente entre adultes, pour ainsi dire.

— Quel traité ? répondit Alicia en s'efforçant de fuir le regard hypnotique de Caïn qui semblait aspirer sa volonté avec la voracité d'un parasite des âmes.

— Voilà qui me plaît. Donc, parlons affaires. Dis-moi, Alicia, est-ce que tu as envie de sauver Jacob, pardon, Roland ? C'est un bien beau garçon, si tu veux mon avis, dit le mage en savourant chaque mot avec une infinie délicatesse.

— Que voulez-vous en échange ? Ma vie ? lança Alicia dont les phrases sortaient de la gorge sans lui laisser le temps de réfléchir.

Le mage croisa les mains et fronça les sourcils, songeur. Alicia remarqua que ses paupières ne battaient jamais.

— J'avais pensé à autre chose, ma chérie, expliqua-t-il en se caressant la lèvre inférieure de l'index. Que dirais-tu de la vie de ton premier enfant ?

Il s'approcha lentement d'elle jusqu'à ce que son visage touche presque celui d'Alicia. Elle sentit l'intense odeur douceâtre et nauséabonde qui émanait de son corps. Affrontant son regard, elle cracha à la figure du mage.

— Allez en enfer ! dit-elle en contenant sa rage.

Les gouttes de salive s'évaporèrent comme si elle les avait crachées sur une plaque de métal brûlant.

— Mais, ma chère enfant, j'en viens ! répliqua-t-il.

Lentement, le mage tendit sa main nue vers le visage d'Alicia. La jeune fille ferma les yeux et sentit le contact glacé de ses doigts et de leurs ongles acérés sur son front pendant quelques instants. L'attente se fit interminable. Finalement, elle entendit le bruit de ses pas qui s'éloignaient et la porte se fermer de nouveau. L'odeur de pourriture s'échappa par les jointures du hublot comme la vapeur d'une valve sous pression. Elle eut envie de pleurer et de frapper les cloisons jusqu'à ce que sa rage s'apaise, mais elle fit un effort pour ne pas perdre son sang-froid et garder l'esprit clair. Elle devait sortir de là et ne disposait pas de beaucoup de temps pour le faire.

Elle alla à la porte et en tâta le contour à la recherche d'une faille ou d'une fente par où elle pourrait la forcer. Rien. Caïn l'avait enfermée dans un sarcophage de rouille en compagnie des ossements du vieux capitaine de l'*Orpheus.* À ce moment, une forte commotion secoua le bateau et la fit tomber à plat ventre. Quelques secondes plus tard, un son étouffé monta des entrailles du bateau. Elle colla son oreille à la porte et écouta attentivement : c'était le gargouillement impossible à confondre de l'eau en train de s'infiltrer. Une grande quantité d'eau. Prise de panique, elle comprit ce qui se passait : la coque de l'*Orpheus* s'enfonçait de nouveau, en commençant par les cales. Cette fois, elle ne put retenir un hurlement de terreur.

Roland avait parcouru tout le cargo à la recherche d'Alicia ; en vain. De catacombes sous-marines, l'*Orpheus* s'était transformé en un labyrinthe d'interminables coursives et de portes bloquées. Le mage pouvait l'avoir cachée dans des dizaines d'endroits. Il revint à la passerelle de commandement et tenta de réfléchir au lieu où elle était retenue prisonnière. La secousse qui ébranla le bateau de part en part lui fit perdre l'équilibre et il tomba sur le sol humide et glissant. D'entre les ombres de la passerelle apparut Caïn, comme si sa silhouette avait surgi du métal fissuré du sol.

— Nous sombrons, Jacob, expliqua le mage succinctement en indiquant les alentours. Tu n'as jamais eu le sens de l'à-propos, pas vrai ?

— Je ne sais pas de quoi vous parlez. Où est Alicia ? exigea Roland, prêt à se jeter sur son adversaire.

Le mage ferma les yeux et joignit les paumes comme s'il voulait commencer une prière.

— Quelque part dans le bateau, répondit-il tranquillement. Si tu as été assez stupide pour arriver jusqu'ici, ne la mets pas en danger maintenant. Tu veux lui sauver la vie, Jacob ?

— Mon nom est Roland, rectifia le garçon.

— Roland, Jacob… Un nom plutôt qu'un autre, quelle importance ? ricana Caïn. Moi-même, j'en ai des tas. Que souhaites-tu, Roland ? Tu veux sauver ton amie. C'est bien ça, non ?

— Où l'avez-vous mise ? répéta Roland. Soyez maudit ! Où est-elle ?

Le mage se frotta les mains comme s'il avait froid.

— Sais-tu combien de temps met un bateau comme

celui-là à couler, Jacob ? Non, non, ne réponds pas. Quelques minutes, au grand maximum. Surprenant, n'est-ce pas ? Avoue-le.

— Vous voulez Jacob, ou quel que soit le nom que vous me donnez, affirma Roland. Vous le tenez : je ne vais pas m'enfuir. Relâchez-la.

— Très original, Jacob, apprécia le mage en se rapprochant du garçon. Ton temps est compté, Jacob. Je te donne une minute.

L'*Orpheus* commença de gîter lentement sur tribord. L'eau qui envahissait le bateau rugissait sous leurs pieds, et la charpente métallique affaiblie vibrait fortement devant la fureur avec laquelle les flots se frayaient un chemin à l'intérieur du cargo comme de l'acide sur un jouet en carton.

— Qu'est-ce que je dois faire ? implora Roland. Qu'attendez-vous de moi ?

— Bien, Jacob. Je vois que nous devenons raisonnable. J'attends que tu remplisses la part du contrat que ton père a été incapable d'honorer. Rien de plus. Et rien de moins.

— Mon père est mort dans un accident, et moi... voulut expliquer Roland avec désespoir.

Le mage posa paternellement une main sur son épaule. Roland sentit le contact métallique de ses doigts.

— Plus qu'une demi-minute, mon garçon. Un peu tard pour les histoires de famille.

Le flot frappait avec force le pont sur lequel s'élevait la passerelle de commandement. Roland adressa un dernier regard suppliant au mage. Caïn s'agenouilla devant lui et sourit.

— Passerons-nous un traité, Jacob ? murmura-t-il.

Les larmes jaillirent des yeux de Roland et, lentement, le garçon fit signe qu'il acceptait.

— Bien, bien, Jacob. Bienvenue à la maison...

Le mage se releva et indiqua une des coursives qui partaient de la passerelle.

— La dernière porte de ce couloir. Mais écoute un conseil. Quand tu parviendras à l'ouvrir, nous serons déjà sous l'eau et ton amie n'aura plus une goutte d'air pour respirer. Tu es un bon plongeur, Jacob. Tu sauras ce qu'il faut faire. Rappelle-toi ton traité...

Il sourit une dernière fois et, s'enveloppant dans sa cape, il disparut dans l'obscurité tandis que des pas invisibles s'éloignaient de la passerelle en laissant des traces de métal fondu sur le plancher. Le garçon resta quelques secondes paralysé, récupérant son souffle, jusqu'à ce qu'une nouvelle secousse du cargo l'expédie contre la roue pétrifiée de la barre. L'eau avait commencé à envahir le niveau de la passerelle.

Il se précipita vers le couloir que le mage lui avait indiqué. L'eau jaillissait des hublots et inondait le couloir pendant que l'*Orpheus* s'enfonçait progressivement dans la mer. Roland frappa en vain la porte à coups de poing.

— Alicia ! cria-t-il, tout en étant conscient qu'elle pouvait à peine l'entendre de l'autre côté de l'épaisseur de l'acier. C'est moi, Roland ! Retiens ta respiration ! Je vais te sortir de là !

Il saisit la poignée de la porte et tenta de toutes ses forces de la faire tourner, en se blessant les paumes tandis que l'eau glacée montait jusqu'à sa ceinture et continuait sa progression. La poignée céda de quelques centimètres. Roland inspira profondément, fit un nouvel effort et parvint à la faire tourner peu à peu. Au même moment, l'eau arriva jusqu'à son visage et finit d'inonder tout le couloir. Les ténèbres s'emparèrent de l'*Orpheus*.

Quand la porte s'ouvrit, Roland plongea dans la cabine obscure en tâtonnant à la recherche d'Alicia. Pendant un terrible moment, il pensa que le mage l'avait trompé et qu'il n'y avait personne. Il ouvrit les yeux sous l'eau et tenta de distinguer quelque chose dans l'obscurité sous-marine, en luttant contre la douleur. Finalement, ses mains touchèrent un lambeau de la robe d'Alicia, qui se débattait frénétiquement entre la panique et l'asphyxie. Il la serra dans ses bras en essayant de la rassurer, mais la jeune fille ne pouvait pas savoir qui l'avait saisie ainsi dans le noir. Conscient qu'il ne leur restait que quelques secondes, Roland la prit par le cou et la tira à l'extérieur. Le cargo poursuivait sa descente inexorable vers le fond. Alicia se débattait inutilement et Roland la traîna jusqu'à la passerelle à travers la coursive où flottaient les débris que l'eau avait arrachés au plus profond de l'*Orpheus*. Il savait qu'ils ne pourraient pas sortir du bateau avant que la coque n'ait touché le fond, car, s'ils essayaient, ils seraient irrémédiablement aspirés vers le courant sous-marin. Pourtant, il n'ignorait pas que trente secondes au moins s'étaient écoulées depuis qu'Alicia avait respiré pour la dernière fois et que, à ce stade et dans son état de panique, elle devait déjà avoir avalé de l'eau. La remontée à la surface serait probablement pour elle un chemin mortel. Caïn avait préparé méthodiquement son jeu.

L'attente que l'*Orpheus* touche le fond fut infinie, et quand le choc se produisit, une partie du plafond de la passerelle s'effondra sur eux. Une forte douleur monta dans la jambe de Roland. Il comprit que le métal avait emprisonné sa cheville. Le rayonnement de l'*Orpheus* s'évanouissait lentement dans les profondeurs.

Il lutta contre l'intense douleur qui le tenaillait et chercha le visage d'Alicia dans la pénombre. La jeune fille avait les yeux ouverts et se débattait, au bord de l'asphyxie. Elle ne pouvait pas retenir sa respiration une seconde de plus et les dernières bulles d'air s'échappèrent d'entre ses lèvres comme des perles emportant les derniers instants d'une vie qui s'éteignait.

Roland saisit son visage et fit en sorte qu'Alicia le regarde dans les yeux. Leurs regards se rejoignirent dans les profondeurs. Elle comprit tout de suite ce qu'il voulait faire. Elle fit non de la tête en essayant d'écarter Roland. Celui-ci lui montra sa cheville prise au piège dans l'étreinte mortelle des poutrelles métalliques du plafond. Alicia nagea dans les eaux glacées vers la poutrelle tombée et lutta pour l'en libérer. Les deux jeunes gens échangèrent un regard désespéré. Rien ni personne ne pourrait déplacer les tonnes d'acier qui retenaient Roland. Elle revint vers lui et le serra dans ses bras, sentant que le manque d'air lui faisait perdre conscience. Sans plus attendre, Roland prit le visage d'Alicia et, posant ses lèvres sur les siennes, expulsa dans sa bouche tout l'air qu'il avait gardé pour elle, exactement comme Caïn l'avait prévu depuis le début. Alicia aspira l'air entre ses lèvres et serra avec force les mains de Roland, unie à lui par ce baiser qui la sauvait.

Le garçon lui adressa un regard pathétique d'adieu et la poussa, contre sa volonté, hors de la passerelle, d'où, lentement, elle commença sa remontée à la surface. Ce fut la dernière fois qu'Alicia vit Roland. Quelques secondes plus tard, elle émergea au milieu de la baie. La tempête s'éloignait lentement vers la haute mer d'où elle était venue, emportant avec elle tous les espoirs qu'Alicia avait en l'avenir.

Quand Max vit le visage de sa sœur affleurer à la surface, il se jeta de nouveau à l'eau et nagea le plus vite qu'il put jusqu'à elle. Alicia parvenait à peine à flotter et balbutiait des paroles incompréhensibles en toussant violemment et en recrachant l'eau qu'elle avait avalée dans sa remontée depuis le fond. Max la soutint jusqu'à ce qu'il puisse avoir pied, à quelques mètres du rivage. Le gardien du phare attendait sur la plage et accourut à son aide. Ensemble, ils sortirent Alicia de l'eau et la couchèrent sur le sable. Victor Kray chercha son pouls sur son poignet, mais Max retira doucement la main du vieil homme.

— Elle vit, monsieur Kray, affirma-t-il en caressant le front de sa sœur. Elle vit.

Le vieil homme acquiesça et laissa Alicia aux soins de Max. En titubant comme un soldat après une longue bataille, il alla au rivage et entra dans la mer jusqu'à la ceinture.

— Où est mon Roland ? murmura-t-il en se retournant vers Max. Où est mon petit-fils ?

Max le regarda en silence, voyant l'âme du pauvre vieux et la force qui l'avait maintenu durant toutes ces années en haut du phare disparaître comme une poignée de sable qui file entre les doigts.

— Il ne reviendra pas, monsieur Kray, finit-il par répondre, les larmes aux yeux. Roland ne reviendra plus.

Le gardien du phare le dévisagea comme s'il ne pouvait comprendre ses paroles. Puis il acquiesça. Il reporta ses regards sur l'océan dans l'espoir de voir son petit-fils émerger et venir le rejoindre. Lentement, les eaux recouvrèrent leur calme et une guirlande d'étoiles s'alluma sur l'horizon. Roland ne revint jamais.

18.

Le lendemain de la tempête qui ravagea la côte durant la longue nuit du 23 juin 1943, Maximilian et Andrea Carver revinrent à la maison de la plage avec la petite Irina, définitivement hors de danger, même s'il lui faudrait encore quelques semaines pour se rétablir complètement. Les vents violents qui avaient fouetté le village jusque peu avant l'aube avaient laissé derrière eux des arbres et des poteaux électriques abattus, des barques projetées depuis la mer jusqu'à la promenade du rivage et des fenêtres brisées sur une bonne partie des façades. Alicia et Max attendaient en silence, assis sous le porche. Dès l'instant où Maximilian Carver descendit de la voiture qui les avait amenés de la ville, il vit à leurs têtes et à leurs vêtements en loques que quelque chose de terrible était advenu.

Avant qu'il ait pu formuler la première question, le regard de Max lui fit comprendre que pour avoir des explications, si tant est qu'il en recevrait un jour, il lui faudrait patienter longtemps. Quels qu'aient pu être les événements qu'ils avaient vécus, Maximilian Carver sut, comme cela nous arrive parfois dans la vie sans qu'il soit besoin de paroles ou de raisons, que derrière le regard triste de ses enfants il y avait la fin d'une étape de leur vie qui ne reviendrait jamais.

Avant d'entrer dans la maison de la plage, Maximilian Carver plongea son regard dans l'abîme sans fond des yeux d'Alicia qui contemplait, absente, la ligne de l'horizon comme si elle espérait y trouver la réponse à toutes ses questions ; des questions auxquelles ni lui ni personne n'aurait pu répondre. Soudain, et silencieusement, il se rendit compte que sa fille avait grandi et qu'un jour, probablement proche, elle entreprendrait un nouveau cheminement, en quête de ses propres réponses.

La gare était plongée dans le nuage de vapeur qu'exhalait la machine. Les derniers voyageurs se pressaient pour monter dans les wagons et faire leurs adieux aux familles et aux amis qui les avaient accompagnés sur le quai. Max observa la vieille horloge qui leur avait souhaité la bienvenue au village et constata que, cette fois, ses aiguilles s'étaient définitivement arrêtées. Le groom du train s'approcha de Max et de Victor Kray la paume tendue dans l'intention non dissimulée de recevoir un pourboire.

— Les valises sont dans le train, monsieur.

Le gardien du phare lui tendit quelques pièces et le groom s'en alla en les comptant. Max et Victor Kray échangèrent un sourire, comme si cette diversion les avait amusés et que leur séparation n'était qu'un banal au revoir.

— Alicia n'a pas pu venir, parce que... commença Max.

— Ce n'est pas nécessaire. J'ai bien compris, le coupa le gardien du phare. Dis-lui adieu pour moi. Et prends bien soin d'elle.

— Je le ferai.

Le chef de gare donna un coup de sifflet. Le train était sur le point de partir.

— Vous ne me direz pas où vous allez ? demanda Max en désignant le train qui attendait sur la voie.

Victor Kray sourit et tendit la main au garçon.

— Où que j'aille, jamais je ne pourrai me sentir loin d'ici.

Le sifflet retentit de nouveau. Victor Kray restait le seul voyageur encore sur le quai. Le contrôleur attendait au pied de la porte du wagon.

— Je dois y aller, Max, dit le vieil homme.

Max l'étreignit avec force et le gardien du phare lui rendit la pareille.

— Ah, j'oubliais, j'ai quelque chose pour toi.

Max accepta la petite boîte que lui remit le vieil homme. Il l'agita doucement : quelque chose tintait à l'intérieur.

— Tu ne l'ouvres pas ?

— J'attends que vous soyez parti.

Le gardien du phare haussa les épaules.

Il se dirigea vers son wagon et le contrôleur lui tendit la main pour l'aider à monter. Lorsqu'il eut gravi la dernière marche, Max courut subitement vers lui.

— Monsieur Kray !

Le vieil homme lui renvoya son regard, l'air amusé.

— J'ai été heureux de vous connaître, monsieur Kray.

Victor Kray lui sourit une dernière fois et se frappa doucement la poitrine avec son index.

— Moi aussi, Max. Moi aussi.

Lentement, le train s'ébranla. La traînée de vapeur qu'il laissait derrière lui finit par disparaître au loin et pour toujours. Max resta sur le quai jusqu'au moment où ce qui n'était déjà plus qu'un point sur l'horizon devint définitivement invisible. Alors, seulement, il ouvrit la boîte que le vieil homme lui avait donnée et découvrit qu'elle contenait un trousseau de clefs. Il sourit. C'étaient les clefs du phare.

ÉPILOGUE

Les dernières semaines de l'été apportèrent des nouvelles de cette guerre dont tous disaient qu'elle ne pourrait plus durer longtemps. Maximilian Carver avait inauguré son horlogerie dans un petit local proche de la place de l'église et, en peu de temps, il ne restait plus d'habitant dans le village qui n'eût rendu visite au petit bazar de merveilles du père de Max. Irina était complètement guérie et ne semblait pas se rappeler l'accident dont elle avait été victime dans l'escalier de la maison de la plage. Elle et sa mère avaient l'habitude de faire de longues promenades sur le sable à la recherche de coquillages et de petits fossiles qui, l'automne venu, ne manqueraient pas de faire l'admiration de ses nouvelles camarades de classe.

Max, fidèle au legs du gardien du phare, allait chaque soir à bicyclette allumer le faisceau de lumière qui devait guider les bateaux jusqu'au lever du jour. Il montait jusqu'au couronnement et, de là, contemplait l'océan, tout comme l'avait fait Victor Kray pendant presque toute sa vie.

Durant une de ces soirées au phare, il découvrit que sa sœur Alicia revenait régulièrement sur la plage à l'endroit où s'était élevée la cabane de Roland. Solitaire, elle s'asseyait près du rivage et laissait passer silencieusement les heures. Ils ne se parlaient plus jamais comme ils l'avaient fait au cours des journées qu'ils avaient partagées avec Roland, et Alicia n'évoquait jamais ce qui s'était passé cette nuit-là dans la baie. Max avait respecté son silence dès le premier moment. Quand vinrent les derniers jours de septembre qui annonçaient le début de l'automne, le souvenir du Prince de la Brume paraissait s'être définitivement effacé de leur mémoire comme un rêve à la lumière du jour.

Souvent, lorsque Max observait sa sœur en bas, sur la plage, il pensait aux paroles de Roland, quand son ami lui avait avoué sa crainte que ce ne soit son dernier été au village s'il était appelé à l'armée. Désormais, même si le frère et la sœur n'échangeaient pratiquement pas un mot à ce sujet, Max savait que le souvenir de Roland et de cet été où ils avaient découvert ensemble la magie et ses maléfices ne cesserait de les accompagner et les unirait pour toujours.

Si vous avez aimé

LE PRINCE DE LA BRUME

Découvrez

MARINA

de Carlos Ruiz Zafón

Nous ne nous souvenons que de ce qui n'est jamais arrivé, m'a dit un jour Marina. Il aura fallu que s'écoule une éternité pour que je finisse par comprendre le sens de ces mots. Mais mieux vaut commencer par le début, qui, dans cette histoire, se trouve être la fin.

En mai 1980, j'ai disparu du monde pendant une semaine. Sept jours et sept nuits durant, nul n'a su où j'étais. Amis, camarades, professeurs et même la police se sont lancés à la recherche de ce fugitif que déjà certains croyaient mort ou devenu soudain amnésique et perdu dans des rues mal famées.

Une semaine plus tard, un policier en civil a cru me reconnaître : la description du garçon disparu concordait. Le suspect errait dans la gare de France, comme une âme en peine dans une cathédrale de fer et de brume. L'agent s'est approché de moi avec des précautions dignes d'un roman de la Série noire. Il m'a demandé si je m'appelais bien Óscar Drai et si j'étais le garçon disparu de son internat sans laisser de traces. J'ai acquiescé sans desserrer les dents. Je me souviens du reflet de la voûte de la gare dans ses verres de lunettes.

Nous nous sommes assis sur un banc du quai. Le policier a allumé posément une cigarette. Il l'a laissée se consumer sans la porter à ses lèvres. Il m'a dit qu'il y avait un tas de gens qui m'attendaient pour me poser des questions auxquelles je devais me préparer, afin de leur donner de bonnes réponses. J'ai acquiescé de nouveau. Il m'a regardé dans les yeux, en m'étudiant. « Parfois, a-t-il dit, raconter la vérité n'est pas une bonne idée, Óscar. » Il m'a tendu quelques pièces et m'a demandé de téléphoner au directeur de l'internat. Il a attendu que j'aie terminé, puis m'a donné de l'argent pour un taxi et souhaité bonne chance. Je lui ai demandé comment il savait que je n'allais pas disparaître de nouveau. Il m'a observé longuement. « Seuls disparaissent ceux qui ont un endroit où aller », s'est-il borné à répondre. Il m'a accompagné dans la rue, où il m'a dit adieu sans me questionner davantage. Je l'ai vu s'éloigner dans le Paseo Colón. La fumée de sa cigarette intacte le suivait comme un chien fidèle.

Ce jour-là, le fantôme de Gaudí sculptait dans le ciel de Barcelone des nuages impossibles sur un azur qui blessait les yeux. J'ai pris un taxi pour l'internat où je supposais que m'attendait le peloton d'exécution.

Quatre semaines durant, professeurs et psychologues scolaires m'ont bombardé de questions pour que je leur révèle mon secret. J'ai menti et répondu à chacun ce qu'il voulait entendre ou ce qu'il pouvait accepter. Le temps passant, tous ont fini par faire semblant d'avoir oublié l'épisode. J'ai suivi leur exemple. Je n'ai jamais dit à personne la vérité sur ce qui s'était passé.

Je ne savais pas alors que, tôt ou tard, l'océan du temps nous rend les souvenirs que nous y avons enfouis. Quinze années après, la mémoire de ce jour m'est revenue. J'ai revu ce garçon errant dans la brume de la gare de France, et le nom de Marina s'est enflammé de nouveau comme une blessure toute fraîche.

Nous avons tous un secret enfermé à double tour dans le tréfonds de notre âme. Voici le mien.

1.

À la fin des années soixante-dix, Barcelone était une fantasmagorie faite d'avenues et de ruelles où l'on pouvait voyager trente ou quarante ans en arrière rien qu'en franchissant le seuil d'un immeuble ou d'un café. Temps et mémoire, histoire et fiction se mélangeaient dans cette ville ensorcelée, comme des couleurs d'aquarelle sous la pluie. C'est là que, lointain écho de rues qui aujourd'hui n'existent plus, des cathédrales et des édifices échappés de légendes ont formé le décor de cette histoire.

J'étais alors un garçon de quinze ans qui languissait entre les murs d'un internat affublé d'un nom de saint, aux abords de la route de Vallvidrera. À l'époque, le quartier de Sarriá conservait encore l'aspect d'un petit village échoué sur la rive d'une métropole moderniste. Mon collège s'élevait en haut d'une rue qui montait du Paseo de la Bonavona. Sa façade monumentale évoquait davantage un château fort qu'une école. Sa silhouette anguleuse couleur d'argile était un empilement de tours, d'arcs et d'ailes tout en noirceur.

Le collège se trouvait au milieu d'un ensemble de jardins, de fontaines, de bassins croupissants, de patios et de pinèdes enchantées. Tout autour, des bâtiments sombres abritaient des piscines voilées d'une vapeur fantomatique, des gymnases noyés dans le silence et des chapelles ténébreuses où des effigies de saints souriaient au reflet des cierges. Le bâtiment principal avait quatre étages, sans compter les deux sous-sols ainsi que les combles réservés aux quelques prêtres qui faisaient encore fonction de professeurs. Les chambres des pensionnaires étaient au quatrième, le long de couloirs caverneux. Ces galeries interminables étaient plongées dans une pénombre perpétuelle, résonnant toujours d'un écho lugubre.

Je passais mes journées à rêver éveillé dans les salles de cet immense château, attendant le miracle qui se produisait quotidiennement à cinq heures vingt de l'après-midi. À cette heure magique, le soleil revêtait d'or liquide les hautes fenêtres. Une sonnerie annonçait la fin des cours et nous jouissions de presque trois heures de liberté avant le dîner dans le grand réfectoire. En principe, ce temps devait être consacré à l'étude et à la méditation. Durant toutes les années que j'ai passées dans ces murs, je ne me souviens pas de m'être livré, ne serait-ce qu'une seule fois, à l'une ou l'autre de ces nobles tâches.

C'était mon moment préféré. Trompant la surveillance du gardien, je partais explorer la ville. J'avais pris l'habitude de revenir au collège juste à temps pour le dîner, marchant dans les vieilles rues et les avenues pendant que la nuit tombait autour de moi. Ces longues promenades me donnaient une sensation de liberté enivrante. Mon imagination volait au-dessus des constructions et montait jusqu'au ciel. Pour quelques heures, les rues de Barcelone, l'internat, ma chambre sinistre du quatrième étage s'évanouissaient. Pour quelques heures, avec seulement deux ou trois sous en poche, j'étais l'individu le plus fortuné de l'univers.

[...]

Cet ouvrage a été composé par
PCA - 44400 REZE

Impression réalisée par

BRODARD & TAUPIN

La Flèche (Sarthe), le 10-10-2011
N° d'impression : 66149

Dépôt légal : novembre 2011

Imprimé en France

POCKET jeunesse

12, avenue d'Italie

75627 PARIS Cedex 13